漂流木

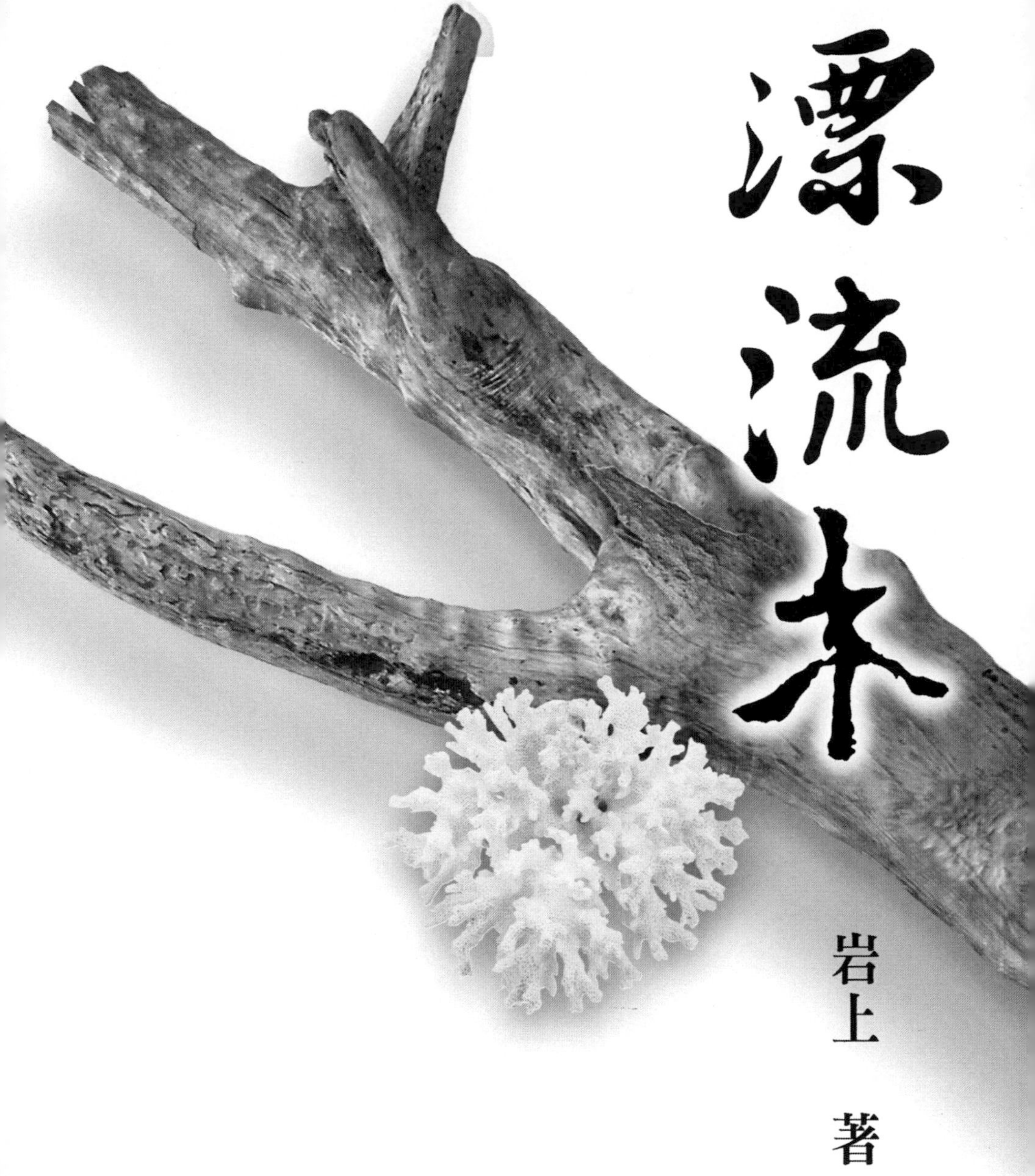

岩上 著

序

風格韻味流布於散淡恍惚間
——序論岩上兼賞析《漂流木》詩集

郭楓

孔德之容，唯道是從。道之為物，唯恍唯惚。惚恍中有象，恍惚中有物。

《老子》〈道經・二十一章〉

讀詩，也就是讀詩人。所謂「詩如其人」，讀岩上新刊《漂流木》詩集，如聞其聲，如見其人，給這句話作了確切的驗證。

在當下台灣多元並立的詩壇，也許有人對這種說法，不以為然，甚或譏之為過時的老式論評。自「橫的移植說」(1)泛流詩壇數十年以來，迄今不時仍有玩耍形式的詩群落興起，若出現此種評議毋寧是自然的事。客觀來看，西哲「詩表現的是行動中的人」(2)的話，俚語「什麼鳥唱什麼歌」的話，對詩論評確切；放在中外詩史鏡子下驗證，可謂「質諸鬼神而無疑」(3)的論評準則。

近代自第一次世界大戰以來，西方文壇，緣於特殊突變的歷史條件和社會形勢，詩歌創作湧現出形形色色標新立異的探索和實驗產品，詩歌論評掀起了林林總總建構或解構詩學的論評新潮，創作和論評，彼此呼應，對現代資本主義物質文明展開叛逆性的前衛姿態。唯前衛云云，迭經喧嘩和吵嚷，「處處暴露出弱點和弊病，已日薄西山。」(4)試看，當年的先鋒詩群中，有不少人已蛻變成保守主義者，詩歌論評，也辯證地回到詩如其人的原點。

一、詩人風格：甘於孤獨寂寞，隨性恬淡自然

古人論詩，強調「論世」、「知人」和「誦詩」間的詩歌整體關係，「誦其詩，讀其書，不知其人可乎？是以論其世也。」(5)。賞析岩上《漂流木》的詩藝之始，我們對詩人的成長背景和立身風格，有必要作一些析論：

岩上，本名嚴振興（一九三八），台灣山城嘉義人。四歲失怙，在太平洋戰爭期間，島民流離於美機轟炸中，孤兒寡母，相依為命，生活之艱困，尤倍於一般的人家！勉強熬到二次世界大戰結束，略可分擔家庭生計的長兄，卻被國府徵兵派去大陸打內戰，自此斷無消息(6)；而岩上成長期間的苦難歷程，自不待言。從戰亂苦難中打滾過來的岩上，開始教書時，就選在更荒僻的山城草屯。自此與草屯結下終生緣，職於斯，家於斯，吟詠於斯，成為一位放身山野的散淡詩人。

草屯環境的荒僻，岩上性格的散淡，符節正好相合。五十年來，詩人的生活所寄，主要是以草屯為中心的教職，從小學到中學前後任教數十年。詩人的創作之路，主要以台灣中南部為中心默默耕耘，也似乎走得踽踽涼涼。實際上，岩上欣欣然獨行，在立身方面樹立了如下的風格：

（一）生活孤獨寧靜、甘於寂寞

若說岩上是一個孤獨的人，不如說他是一個寧靜的人。寧滯是他的氣質，孤獨是他的形影，因喜愛寧靜而常處孤獨中，因孤獨而得享寧靜之趣。活躍在大都市十丈紅塵中人，在岩上眼中很是可笑：

台北一〇一大樓

遠看一支細針
近看摩天大樓

遠看一節竹竿
近看摩天大樓

遠近同時看
成什麼樣子？
糢糊了你我

台北人無法
同時 遠近
看清一件事物

被一支細針釘死的
都市地圖
彼一節竹竿横掃的
太陽陰影

摩天大樓
住進一群
看不到屋腳下的人們

顯然，詩人是以白眼睨視着台北住進摩天大樓的富豪們，在物質上雖有頂級的生活享受，在精神上則缺少識見「台北人無法／同時　遠近／看清一件事物」，虛驕地生活在雲端「看不到屋腳下的人們」。

岩上，面對的富豪們的奢靡生活，心靈寧靜如山，絕不艷羨，也不希求：他堅持做人本份，拒絕隨波逐流，安穩守著自已的孤獨。這種生活態度，清晰表露在他的〈大樓與陰影〉一詩。試讀以下兩節：

你大樓了你的高傲
我陰影了我的卑微
你大樓了你的風采
我陰影了我的灰暗……

大樓你　姿態固硬
陰影我　柔軟變形
大樓你　永遠撐住
陰影我　輕鬆休息……

詩人以「陰影」隱喻自己的生活，以「卑微」、「灰暗」、「柔軟」，形象地描繪出自己生活的情景。詩人縱使以「輕鬆休息」自解，但生活的寂寞「陰影」，卻正如漫漫長夜覆蓋着他，絕望般靡有止境。寂寞，是孤獨者宿命性的際遇，也是心靈修鍊的功課。岩上〈星的位置〉詩，對「寂寞」描繪深刻，令人驚心：

我總想知道
自己的宿命星在什麼位置
有否閃爍燦然的光輝

因此每晚仰望天空
希冀找尋熟悉的臉龐
但是回答的
都是陌生的眼光

直到有一天
我從流浪的路途回來
把一切的願望都丟棄
只剩一顆乾癟的頭顱
沒入深邃的古井
突然發現在那靜謐且清冷的水底
一顆孤獨的明星
輕輕地呼喚我的名字

——錄自岩上《激流詩集》

每晚仰望天空，找不到自己的臉龐，更別說燦然發光的位置了。當一切希望都消失，生命只剩下空殼子，在玄奧如古井般不可知的未來中，詩人的名字孤獨地存在於冷澈的水底。處在如此寂寞孤獨的境遇，詩人始終不移地堅守下來。

生當濁世，歷來能夠超越流俗的人物，其氣節，其風格，莫不展示在無邊的寂寞孤獨中。可以說，在濁世中，孤獨，是一種不慕榮華富貴的風範，是拒絕和不義握手的倔傲，是品格清白高潔的象徵。但是，孤獨的品格和形象，乃從甘於卑微生活、甘於寂寞況味中，堅忍錬造出來：其中的淒冷情境，絕非熙熙攘攘於紅塵者可以想見。孔子說「邦無道，富且貴焉，恥也！」[7] 實在是因為「富人進天堂，比駱駝穿過針孔還難。」[8] 濁世「孤獨」是眾所認同品格高潔的象徵，因而詩壇上，許多人紛紛以孤獨自命或以之頌揚同群，但見你也孤獨，我也孤獨，似乎人人孤獨，人人清風明月起來。甚至眾所熟知的某些活躍政治舞台、熱中現實名利的詩星，竟也把「孤獨」、「孤絕」當作美麗的面具，拿起來貼在臉上。以之與岩上比較，真讓人不知該怎樣說才好？

(二) 賦性閒散恬淡、謙虛自然

人們的生活態度和言行模式，受環境、教育的的影響，更受先天賦性的制約。在社會上，我們經常看到，同胞兄弟姐妹間，有時賦性的個別差異十分顯著，即使孿生子女間，彼此的賦性也會迥然不同。賦性制約甚至決定人的生活和言行模式，這活脫脫的事實，在岩上身上顯示得很清楚。

岩上的賦性，閒散恬淡。因閒散而不爭名位，待人謙虛遜讓：因恬淡而不爭利益，一切隨性自然。他的散淡賦性，自然而然從筆端流露出來。讀岩上詩，發現他沒寫一首自我描繪、頌揚、虛誇的「自畫像」作品，多的是，謙虛自抑、恬淡自然的詩歌。試看他的組詩《太極拳四要》結尾一首〈整〉：

落地生根
葉葉脈絡疏通
成千手網路
手不見手，揮彈琵琶

根盤
枝幹勁挺
如蓮花亭立，迎風
柳枝垂
沾連不離體
鼓蕩如行雲流水

緩急之間
混元孳乳為太極

岩上定居草屯，習靜修身，對兩儀八卦之學，用功很深，並在地方上義務教授太極拳。《太極拳四要》含〈鬆〉、〈沈〉、〈圓〉、〈整〉四詩，最後這首詩〈整〉，就「太極拳」說是練拳的完滿終結，就詩的意境說不啻是「人生」造詣的一種隱喻。人，既已「落地生根」，於「葉脈疏通」之中，應求「枝幹勁挺／如蓮花亭立，迎風」，立身行事，進退有節，「沾連不離體／鼓蕩如行雲流水」，緩急之間，動靜得宜，最終，「混元孳乳為太極」，臻於人生圓融的自然境界。

自然的人生，圓融的境界，是人生哲學的高遠理想。從理論上看，似乎玄奧而渺不可及；從實踐上看，不過是一種生活態度或行為方式而已！生活行為，動靜緩急，心之一念自然，大千世界萬般事物皆自然。

岩上有一首詩〈啊！海〉，相當流露了詩人隨和自然的賦性

因為
海
波濤的持續
我才看清自己生活的不定

因為生命激盪的短促
我才抓住時間的雙槳
願望的海流和生活的海流
在我心中匯合
我注視
然後我凝定
我揚帆
然後我划動

啊！海

——錄自《冬盡》詩集

詩人視生活中一切起伏不定的際遇，若海上波濤自然的持續動盪，從而把小我生命與大我生命匯合，面對不可知的未來，心凝神定，揚帆而去。

在當代詩壇，如果以「人淡如菊」(9)來形容一位詩人立身的風格，我以為岩上大約可以當之。岩上表現於外的「孤獨寧靜，甘於寂寞」的行為，蘊藉於內的「閒散謙遜，恬淡自然」的賦性，完全可以歸結於一個「淡」字。淡於名利，淡於爭逐，所以，不做作而自得，不刻意而自然。在蕭索的秋風中，自能挺立如經霜之菊，傲對四野的涼薄。

二、詩作韻味；出入有無之際，隱現恍惚之間

《漂流木》是岩上的第九本詩集。

詩人四十多年以來，不斷推出新的詩集，從量上看，他默默耕耘，汲汲不已，執着於詩的創作，達到了一定份量的成果積累：這種對詩的敬謹精神，固可肯定。從質上看，岩上的這本詩集，顯示年屆七十的資深詩人，熱情猶在，銳氣未減，不斷嘗試新的表現手法，整體的藝術造詣創造了新高度，尤足尊重。

詩，是一種幽微而高明的文字藝術。討論這種藝術，若切磋琢磨，雖百千萬言亦難曲盡其妙。若抽取要點，詩藝的全部問題不外乎「寫什麼？」和「怎麼寫？」二事。我們且就這兩個問題，對《漂流木》的韻味，作些賞析：

（一）詩筆涵蓋廣濶，出入有無

「寫什麼」也就是「取材」。

取材，首先考驗着詩人的詩觀：世間萬物，人生百態，在創作之際，為什麼要寫這種題材？乃是由其詩觀決定的。大概以自己為事物中心的詩人，抱着純詩的唯美主義詩觀，「藝術家和社會人生絕緣，自成一個階級，自封在象牙之塔裡。」(10)理論上，把詩的性

質和提高到不沾俗塵的虛無天地，實際上生活放縱個人情欲。而另一方面，走向社會和人民的詩人，則面對現實，持守作家的主體「不知為什麼活着，回到但求尋歡作樂的禽獸狀態，並力圖以詩的形式表現出來」[11]意志，他從理性出發的詩觀是「藝術品是意志的作品，藝術品是理性的作品，它應該從本身找到滿足、目的、完美的理由。」[12]岩上的詩觀，自其創作伊始，長期以來一貫地屬於後者。《漂流木》詩集所收六輯共九十首詩，有自然觀察：「輯一、樹葉的手掌」；有社會紀實：「輯二、鋼管女郎的夜色」；有人生體悟：「輯三、太極拳四要」；有城市印象：「輯四、漂流木」；有鄉野書寫：「輯五、南投即詩」；有世界掠影：「輯六、旅遊詩抄」。這本詩集的題材，涵蓋廣濶，包羅豐富，而又閃耀主體的理性光輝，接近詩人期求的完美目的。

取材，其次顯示着詩人的詩識：詩識，是詩人對詩學體悟所研發出的識見。岩上對詩學的數十年涵養，正是「真積力久則入」有其特殊的體認。在《岩上詩選》（南投縣立文化中心，一九九三）的自序〈詩的來龍去脈〉中，他對詩剖析中肯。下面輯錄此文的要點：

> 詩根植於現實，但必須從現實中超越。
> 從現實中超越，而又落入現實。
> 這種詩從「有」到「有」。
> 拋棄了存在的現實世界而成為獨立個體的詩。

這種詩超越、流動而飄逸。
這種詩是從「有」到「無」。

詩的引發並非完全由現實中來，面對著空茫寂滅的想像世界，詩人可由獨特的感應力與技巧把詩揑造出來，從「無」處以觀照天地道體之深微，融入詩人敏銳的心靈而出現詩。
這種詩是詩人內心的發光。
這種詩是從「無」到「有」。

岩上把「詩的來龍去脈」分為：從「有」到「有」／從「有」到「無」／從「無」到「有」三個層次。在《漂流木》中，我們看到了這三個層次的作品，不過，許多作品，很難如此截然劃分，在一首詩裡，時常是幾個層次分節進行，或相互混合，終而渾為一體。《漂流木》中，有不少可讀的隽品，其中最精彩的，是一些「出入有無」之間的詩。如〈戰爭的童年〉：

戰爭寫小說
太多的曲折和詭異的結構
都在設計死亡的陷阱

我懵懂讀過不少
被炸開的屍體，火燒的屋宇
逃亡疏散和血淋淋的劇情

飢餓最難耐
比敵人的轟炸機還要兇狠
屬於人人都得嚐到的散文
大家天天啃蕃薯
哼着台灣哭調仔
吞着又臭又長的口水度日

那個年代，我還小
不懂
詩，躲在防空壕裡顫抖
隔壁小女孩
每次飛機俯衝掃射
就抱着我，叫着哥哥、哥哥
我怕　我怕

（二）詩藝手法多變，隱現恍惚

「怎麼寫？」也就是詩作如何「表現」。

詩的表現手法，關乎詩人的學養，尤繫於詩人的賦性；規矩方圓巧拙清濁之間，雲飛潮落，變化萬千，雖無一定的準繩，卻有永恒的原則。這個原則就是「自然」。「自古文章，起於無作，興於自然，感激而成，發言以當便是」(13)。「自然」既是岩上立身的基本風格，也是他創作表現上的基本手法。

我們進一步把岩上的「生平際遇」和「創作表現」聯繫起來考察，可以發現他的詩作藝術在「自然」的基礎上，具有瓦雷里指出的兩項特色：

1. 詩人苦澀而又矛盾的命運迫使他將一種日常生活和實用的產物用於特別的非實用的目的，來抒發和表達最純粹和特別的自我。
2. 詩人語言最重要的品質，一方面是其音樂特性的可能，另一方面是其無限的表意價值；完全是準確性工具的對立面。(14)

確實如此！岩上「苦澀的命運」讓他以「非實用目的」的詩，「抒發和表達最純粹和特別的自我」。不過，在《漂流木》集子裡，岩上並未直接「表達自我」而是把自己的意念以特殊視點投注於所寫的各類題材上，間接表達了「自我」。這就是「有我之境，以我觀物，故物皆著我之色彩。」(15)

詩是運用語言表達意境的藝術。當然，詩的語言大有別於散文的語言；二者關鍵性的分別在「韻味」上，其他如敘述、描繪、意象、隱喻、以至音樂性等等均為「韻味」服務，都是次要條件。我認為「韻味」較之「意境」，解詩尤為貼切周延，詩有韻味，則意境自出。岩上的許多詩，很有韻味。他的詩作語言，有的「有無限的表意價值，完全是準確性工具的對立面」，呈現朦朧恍惚的韻味；有的則以敘述和描繪為主，呈現質實拙樸之美；其藝術手法多變，未可一而論。關於《漂流木》，我們不妨使用岩上在〈詩的來龍去脈〉所分詩的三個層次，來賞析其詩作藝術的韻味。

首先、從「有」到「有」——

如〈九九峯靜觀〉：

遠看峯峯相連
近看也擁抱相依偎
說它們是山峯當然是
說它們是一簇一簇火燄也可以
也許更像
一座一座蓮花的開放

靜默如禪的神態
千古無語
任由烏溪水長聒噪奔流
任由眾鳥棲息和雲絮徘徊擁摟
却在大地震時
發出震撼的吼叫
一夜之間禿頭
莫非更具禪意

山腳下
鄉民的勞動和閒慵
檳榔樹的採擷和黑牙的咀嚼
菸葉的採收和燻烤煙嬝的吞吐
只留給從山背爬起的
太陽去晷刻量計

水田豐盈清澈的影像
依舊印映着
峯峯久久的笑容

這首詩，是根植於現實，從現實中超越，而又落入現實的詩。但在表現的手法上，則融合了賦（敘述）、比（比喻、象徵）、興（描繪、感悟）等語言，使整首詩「活」起來。略作解說如下：

第一節：以我觀物。詩遠觀近見九九峯的形狀，用描繪的語言，為九九峯畫像。

第二節：以物觀物。從山峯的外在形狀的描繪，轉到內在精神的譬喻，山峯擬人化，甚至禪化。後四行，用平常詞句寫出隱喻語言的效果，相當有工力。

第三節：以我觀景。此節全用敘述語言，書寫山民生活的情景。

第四節：以景生景。最後，用水的清澈，映照出峯的笑容。末句「峯峯久久的笑容」，久久與九九同音假借，構成了巧妙的雙關語，韻味悠長。

這首詩，整體來看，第一節和第二節，由寫形到寫意，由外而內，由淺而深。第二節和第三節，由虛轉實，映對成趣，作出明顯變化。最後第四節，用簡潔三行作結，收尾一句，分別回應了前三節每節的末句，且為第二節的「禪意」進一步演繹，構思的確美妙。整首詩的布局，正如岩上所說，經由根植現實，再超越現實，又回到現實的轉折變化，而後，鏗然一收，餘音不絕，很耐人尋味。

《漂流木》中，第五、六兩輯的詩，大半是這類布局的作品。

其次、從「有」到「無」——

如〈蒙古野馬〉：

孤冷與傲熱
昂揚沙塵於蹄聲之外
風暴與雪冽
飛奔於鬃毛的掃刷裡

沙漠與草原
出沒於日旭與暮暉的弧線
穿梭與遊戲
冷熱於高溫與冰凍的極限

日蒸炎炎
雪凍皚皚
蒙古野馬
決戰天地的絕情於嘶鳴與蹄聲之間

自戀異質的種性
倘佯的大地
一切生靈都逃難或僵死

蒙古曾經蒙古了世界們歐亞
野馬曾經野馬
歷史狂沙的一頁
蒙古最野馬
野馬最蒙古
美了天地的性靈

這首詩，原本從現實出發，經過反覆描繪，終而進入幽思冥想的境界。這或許就是岩上所稱「從有到無」的意趣。

這首詩，第一至第三節，作為客體的詩人，對作為主體的野馬，從不同的時空與面向加以描繪、渲染、誇張，盡情突出主體野馬的不凡性格。發展到最後一節，遽然反客為主，詩人的幽思冥想穿越時空擴大開來。至此，我們恍然大悟，此前的筆墨，無非是一種鋪墊，無非是一種虛境，實際的目標端在最後「畫龍點睛」的這個結尾，展示出詩人創作的旨趣所在，詩作的韻味自然也特別甘醇。

這首詩，語言的錘鍊工夫，呈現在一、二兩節「句子」和「段落」的嚴整對稱上面。這種對稱形式，建構出磅礡的氣勢，原是詩歌修辭藝術的一格。可能受限於對稱的規律，有些「詞組」的精準性似乎有推敲的空間；如「傲熱」、「暮暉」、「倘佯的大地」等等。

《漂流木》中，類此沁人腑肺的作品不少，〈傷口流液〉、〈海洋世界〉、〈消波塊術海岸〉、〈台北一〇一大樓〉、〈黃鶴樓〉、〈印度之光〉等等。

最後、從「無」到「有」——

如〈混濁〉：

黑白　對立
黑白　分明
原本　清楚

當黑走向白
當白走向黑
成為交錯時

黑已不成黑
白已不成白

互染混濁

人們無感不覺地
陷入混濁中
比行走在黑夜
更辨不出方向

這首詩，很難用一個模式加以規範，也很難用文論術語加以概括。這是一種義蘊深厚的詩。詩的義蘊分明顯示，詩人對世道觀照有得，凝為情思，藏之心腑；一旦觸及社會現實中某一事例，情思噴薄而出，詩乃成。

這首詩，在語言方面，每句、每節、以至全詩，都是隱喻。在內容方面，似乎是虛擬的情節，卻又明確的扣緊現實。大概這就是「由虛而實」或「由無而有」說法的緣由。

真要尋索這首詩的內容在寫什麼？並不容易指出具體的事物，可也不必執著搜求詩的特定內容。誰都懂得：「白」可作哪些象徵？「黑」可作哪些象徵？「黑白混濁」的結果又會如何？因此，這首詩，可以讓人依據各自的認識和經驗，代入自己的想像。可以說，詩創造出，一個情境公式或一個典型情境。

這類的詩，妙在一種典型情境的刻劃，一種普遍事例的圓滿表述。

這類的詩，妙在說得不多，又什麼都說了。

這類的詩，妙在隱現恍惚，而「惚恍中有象，恍惚中有物」。
《漂流木》集，〈唇〉、〈戰爭後的戰爭〉、〈鏡子〉、〈雨的技倆〉，是這類詩。

三、詩業評鑑：不爭濁世浮名，期有佳作傳世

當下詩壇，大半在雲煙繚繞中。有些詩人，頭上頂著人造光圈，彷彿天生的詩才。其實，詩人是普通人，擅長用語言寫作而已；較之其他行業的人，才智並沒什麼特別。雖然唯心的美學家說：「『詩人是天生的』這句話，應改為『人是天生的詩人』；有些人天生為大詩人，有些人天生為小詩人。」(16) 考察起來：人，在善感的年輕時期，即使誇張些說是天生的小詩人，仍未免誇張太過了！至於「天生的大詩人」之說，更說得玄虛可疑。我認為：這句話說得有欠準確，也可以算是說準確了一半。

當下社會，是一個濁世。真正大詩人，不可能在濁世中出頭！能出頭的，不過是些名詩人。按說詩人求名，是正常社會的正常事。但是，在濁世，詩人若攀黨結派去汲汲求名，就很不正常。歷代濁世之名詩人，是這樣哄抬起來：

> 竊怪夫好名者，非好垂後之名，而好目前之名。好目前之名，必先工邀譽之學。得居高位者，倡譽之；而後從風者，群和之。……居然當代之詩人，而詩亡矣。(17)

岩上，孤獨山間，寂寞草野，論詩歷已近半個世紀，論詩藝不遜於詩壇名流，而聞其名者不多，讀其詩者更少。緣何如此？請看岩上已出版的詩集書目：

1. 《激流》，一九七二，笠詩社。
2. 《冬盡》，一九八〇，明光堂。
3. 《台灣瓦》，一九九〇，笠詩社。
4. 《愛染篇》，一九九一，台笠出版社。
5. 《岩上八行詩》，一九九七，派色文化出版社。
6. 《更換的年代》，二〇〇〇，春暉出版社。
7. 《針孔世界》，二〇〇三，南投縣文化局。
8. 《忙碌的布袋嘴》，二〇〇六，富春文化出版社。

岩上的八種詩集，由七家出版社出版，這些出版社都是「小眾」出版社，詩集出版之後，書店難覓蹤影，不見天日，少人知曉。這就難怪，岩上詩藝成績與其詩壇名聲之不成比例了。詩集無流通市場，詩人無表演舞台，岩上，註定進不了名詩人行列。

依據岩上品性，我相信，他原就無意於或不屑於做一個名詩人。依據岩上稟賦，我不敢說將來能否做成一個大詩人，至少可以期求其傳下些美好詩作。

大詩人需要的嚴苛條件，基本在如下四項：

(一) 性格

詩人的性格，是他詩格的根源。有良好性格，始有高尚詩格；性格不好，詩格高不起來。至於巧言令色，脅肩諂笑之徒，雖以詩為名，寫的東西，無論怎麼裝扮做作，禁不得氣候變化，雨打風吹而去。偉大的詩家指出：能一般地感動大眾的東西，是作者的性格，而不是他藝術家的才能。拉・豐登（La Fontaine）被法國人尊敬，就是這個緣故。(18)

(二) 才賦

對事物有敏銳的感覺能力，對語言有細緻的驅遣能力，這是作為詩人必須具備的才賦。這種才賦，應達到一定的高度，否則，讀書萬卷，也難有佳作。

（三）學養

學養包括：學識，多讀活讀，自有見地；經歷，經驗過高低境遇，品嘗過苦樂人生；修養，意志培育果決，毅力磨鍊堅強。

（四）練習

黽勉寫作，鑽研不已。熱情奮進，老而益壯。

以上前兩項，是天生的；後兩項，是人工的；美學家之言，只說對一半。岩上，在「天生的」方面，性格和才賦應該可以通過基本的要求；若要更上一層向詩藝高峰挺進，在「人工的」方面，有一段陡坡需要傾力攀登。或許，本性散淡，生活安適，會是登峰路上另一種障礙。或許，摒除冗務，潛心詩藝，也是必要的抉擇。

時間仍在岩上手中。借用另一位美學家的叮嚀：由於詩人人格的創造，新藝術的練習，寫出健全的、活潑的、代表人性、人民性的新詩出來。(19)

我們相信：岩上，這位熱愛詩、熱愛土地、熱愛人民的詩人，將會在自己未來的歲月，創造出這樣高超的詩作出來。

二〇〇八・十一・二十七　於新店山居

注釋

(1) 紀弦，〈現代派六大信條〉「第二條：我們認為新詩乃是橫的移植，而非縱的繼承。這是一個總的看法，一個基本的出發點，無論是理論的建立或創作的實踐。」《現代詩》，一三（一九五六）：二。

(2) 亞裏斯多德，《詩學》第二章，陳中梅譯註，（台北：台灣商務印書館，二〇〇一），頁三十八。

(3) 《禮記‧中庸》第二十九章。

(4) 張隆溪，〈管窺蠡測‧現代西方文論略覽〉，《二十世紀西方文論評述》（北京：三聯書店，一九八六），頁一四。

(5) 《孟子》〈萬章篇‧下〉。

(6) 岩上，〈接大哥的信〉詩「註」，說明長兄於一九四六年隨國軍第九十五師赴大陸作戰，為二萬台籍兵僅存八百人之一，現居上海，於一九七八年始經海外取得連絡。《台灣瓦》（台北：笠詩社出版，一九九〇），頁一〇。

(7) 《論語》，〈泰伯篇〉。

(8) 《新約全書》〈馬太福音〉第十九章。

(9) 唐‧司空圖，《二十四詩品》〈典雅〉篇。

(10) 朱光潛〈文藝與道德理論的建設〉，《文藝心理學》（台北；開明書店，一九五三），頁一二一。

(11) 列夫‧托爾斯泰，〈論所謂的藝術〉，《列夫‧托爾斯泰文集——十四‧文論》（北京：人民文學出版社，一九九二），頁一〇一。

(12) 紀德，〈藝術的界限〉，《紀德文集》（廣州：花城出版社，二〇〇一），頁三六四。

(13) 遍照金剛，〈南卷‧論文意〉，《文鏡秘府論》（台北：金楓出版，一九八七），頁一四二。

(14) 法‧瓦雷里（Valery‧Paul 一八七一—一九四五），〈論詩〉，《文藝雜談》（天津：百花文藝出版社，二〇〇六），頁三二九—三三〇。

(15) 王國維，《人間詞話‧卷一》（台北：三民書局，二〇〇四），頁四。

(16) 克羅齊（Croce，Benedetto 一八六六—一九五二），〈直覺與藝術〉，《美學原理》（朱光潛譯，台北：正中書局，一九五四），頁一六。

(17) 葉燮，《原詩》〈外篇〉（台北：藝文印書館，一九五四），頁五三。

(18) 愛克爾曼，〈哥德論詩〉，《哥德對話錄》（周學普譯，台北：台灣商務印書館，一九九九），頁五十五。

(19) 宗白華，〈新詩略談〉，《藝境》（北京：北京大學出版社，一九八七），頁二十二。

序

輯一 樹葉的手掌 41

輯二

鋼管女郎的夜色

輯三

輯四

輯五 南投即詩

輯六

旅遊詩抄 167

輯一　樹葉的手掌

流星

寂靜的夜
所有的星子也靜穆
連眼瞼也低垂

一顆耐不住的寂寞
星子
向不可知的遠方
衝去

射出一道燒光的弧線
在眨眼之間
星子們
都瞪目驚叫

《詩世界》第二期一九九六・八・十五

行道樹

遠去的路
樹
和樹影
相伴

遠去的路
樹枝
和樹葉
陪伴

遠去的路
樹芽

和落葉
陪伴

樹的
風霜
和歲月的無常
陪伴
遠去的路

《詩世界》第二期一九九六・八・十五

橋

笑談辱罵之間
濺流很多口水

有時淹過橋面的嘴唇
有時談到山窮水盡
像斷了胳臂
癱瘓了驅體

其實如果兩岸都善意
我在這邊
你在那邊
握手言歡

平等相待
才是和平來往的
徵象
偏偏一方不懷好意
成了無橋的僵局

《中華日報》二〇〇三・三・十九

混濁

黑白　對立
黑白　分明
原本　清楚

當黑走向白
當白走向黑
成為交錯時
黑已不成黑
白已不成白

互染混濁

人們無感不覺地
陷入混濁中
比行走在黑夜
更辨不出方向

《台灣日報》副刊二〇〇三・四・七

瓜

我堅持存在
乃一粒結構體的完整

人心險惡
各拿一把刀，時時要瓜分

不錯，我有多層脈絡
區別不同的面貌

片片分瓣的紋路，反射
呈現了世界紛呈中的百態

《中央日報》副刊二〇〇二・十一・七

唇

上下兩片看似各自獨立
其實永遠相連

上可昂揚天堂
下可沉潛地獄

啟闔之間，雨水口水
污水，飛濺奔流

兩邊孰重孰輕各自表述
露齒喉乾，最好閉嘴

《中央日報》副刊二〇〇三・八・十

鞋

走遍山海盡頭，路徑溪埔
離不開成對成雙的糾纏

不是兩性的吸引
而是左右平均的制衡

只要一隻暴斃
另一隻必不再前行

擁抱人間行走的腳臭
踏實唯一存在的美學

《中央日報》副刊二〇〇六・四・二十七

母與女

儘管慾望的眼睛
逡巡我
洶湧的波浪
我只能把生命的乳汁
灌溉給初生
無邪的嫩口

母親啊母親
露兩點
吸吮著母親遙遠年代的乳汁
成為思慕的鄉愁
其他的肌膚

全裹在禮教裡躲藏
現代豪放女忍不住含蓄的約束
恨不得把它們掏出來變得更大
裸露　展現了當代性的高峰

母親的兩點不露
少女的兩點露。。露
露與不露的替代
顛覆了時代女體視覺的傳達

嬰兒只好抱著
牛奶瓶，接連不到母親體內
生命的脈流

＊註：毋與女兩古字，字形類同，母字多兩點象徵可露出以哺乳。

《自由日報》副刊二〇〇三・十二・二十五

傷口流液

樹被砍傷流出
脂液，我看到
感覺一陣劇烈的腳痛

小的時候沒鞋子穿
赤腳走路
當被玻璃片刺傷
傷口汩溢血液
同樣曝露著蒼白的軀體
沒有護欄的年代

一滴血
一把沙
掩蓋著發炎的傷口
隱沒了語言的發作成為記存的疤痕

我流的血
殘紅
樹流的脂
皙白
都同樣哽咽嗽不出聲音
任由風沙吹熄

《文學台灣》四十七期二〇〇三年秋季號

海洋世界——觀海洋生物博物館

進入海洋世界
隔著一層透明玻璃
流動的水晶
裡外同一世界
此刻　我是魚類的感覺
用鰓呼吸
用鰭與尾游行，輕飄
如連串的氣泡
浮出

悠遊
像漂浮在太空裡

穿梭的色彩和形象的魚是我的幻覺
沉潛　飛濺
魚的美學和我生存的嘴巴
同樣頻率地開合

調適的溫度
固定薪水的供養
魚類和我一樣不知今夕是何年

畢竟我還是會被找到
抓回自己的世界
魚會想到
要回到自己的海洋嗎？

《台灣新聞報》二〇〇三・三・二十八

樹葉的手掌

所有的樹葉
都仰望天空，欣欣愉悅的貌樣
如手掌揚舉　搖擺

葉子展現，裸裎
脈絡的清晰
骨節的曲折
肌膚的光亮
風與光，雨水與露珠
相盪磨撫
從土地的內根開始吸吮引發

泥土紮實地供應生存的乳汁
虛無的夐曠空間
任由自由舒展成百態千形的
臉龐，每一片
都披示著種族的血統

榮欣與枯萎的拉鋸之間
葉子們的
神經系統最為末梢敏感

淒寒的炙熱的
秋冬的肅殺
春夏的繁華
隨著流光消長繁延逐放

只要根鬚不死

只要樹身不斲喪
每一片葉子
都網住生命流暢的血管
生存的喜悅
繁殖的慾望
都編織在葉葉交錯的光與影之間

葉子是集光的聚盆
也是盾牌，時時面對不測劇變的挑戰
風雨的撕裂
烈日的焦烤
生與死的抉擇，吊死的枝椏
放手，飄落繽紛如淚串的
幽魂
撒落大地
滾動翻轉，呼救的手勢

掌掌落空，乾癟地縮捲
暴出條條筋脈

終於仰臥在大地
一隻一隻……的手掌，重新撿起
乾涸而深邃的眼孔
將如何正視
落葉的　紛飛

《聯合文學》二〇〇三年十月號二二八期

輯二　鋼管女郎的夜色

鋼管女郎的夜色

銀色的鋼管
昂奮地
插在舞台的肚臍上

四肢的黏力和抓勁如蛇的
上下攀緣盤旋
要衣冠背後伊甸園裡的慾望
燃燒貪色的眼光

集中掃射燈光和眼球
週遭的黑暗
塑造妳成蛇的胴體
飢渴的口

嗷嗷需要妳添洞

旱荒的田畝
癡狂搔癢
繁華的都會全部捻熄炊燴的燈火

今夜，只為妳釋放
蛇淫的一滴舌信
吸吮，嚥乾一喉口水

堅硬的鋼管和柔軟的肌膚之間
液滑的夜色
頓時凝結，只剩皮肉的浪濤
越過清醒的堤防
想崩潰你
雙股間的閘門

《聯合報》副刊二〇〇二・十一・六

檳榔西施的對味

台灣的六七月很炎熱
檳榔西施的皮膚很清涼
隔著一片透明玻璃

拖拉褲很疾速
檳榔西施的纖手很悠閒
一個跑在路中央
一個坐在路旁

開汽車的手腳很忙亂
檳榔西施交叉的雙腿很迷人
每一顆從公路拋射過來的

眼球都很突兀
檳榔西施的乳溝很深淵
男人都想掉落

一粒一粒檳榔
剖開是潤白的乳房
一口一口的飢渴，咀嚼很昂奮
吐汁是射精的爽

《自由時報》副刊二〇〇二・十・二十一

乘坐新營糖廠小火車

五分仔小火車，一列長長的
從嘉南平原的
廣袤的
蔗園，駛出
嗚叫著
另一片天地

生鏽的鐵軌
風霜了一段黯淡無光產業鹹澀的轉型年代
隨著緩慢車輪奔跑的
童年腳步，早已遺忘
偷吃甘蔗的甜味

歲月的確被重新磨亮的
車輪，拋得遠遠的
丟得很滄桑
壓得很有皺紋

汽笛一響
突然一陣拉扯
牽動略有骨骼疏鬆的
關節，那曾是朝代更替又抽又砍的
痛叫

甘蔗園甘蔗園甘蔗園……
到地平線
不見了，像火車更換軌道
左邊豔紫荊右邊南美合歡
左邊木棉右邊馬拉巴栗

過去欒樹又過去風鈴木大葉欖仁
小火車緩緩地從中劃過島上最豐腴
腰腹最平坦的大地

阿公阿婆旅遊團
坐著小火車一群來去又一群來去
吃著啃著鐵軌旁臨時擺攤的
番石榴番麥蕃藷糖鹹酸甜什麼的

台灣的觀光景點架起
老人活動的
筋骨和老花眼鏡以及
夕暮的歡樂

《自由時報》二〇〇二・二・十一
《創世紀》一三四期二〇〇三年三月春季號

我站在台灣最南端龍坑海岸

風浪勁疾，大海氤氳模糊
我站在台灣最南端龍坑海岸的岩石上
看不到遠景

浪濤沖擊著岸巖
濺起的海水
打濕我奔走而來的全身熱度
鹹腥的水汁
苦澀了我眼眶和嘴唇

島的環海四面
東西北，我選擇南端眺望

是否龍脈筋骨抽動，還是自己站不穩腳步
想往前移挪
前方已無路
浩瀚大海，佈滿波詭雲譎
冬季的海風呼嘯
冷冽我，一陣寒慄

猛回頭
海浪飛灑的水氣
形成一道彩虹
多層美麗的弧線是遠景的徵象
還是絕處逢生的幻覺？

二〇〇三・一・二十一寫
《自由時報》副刊二〇〇三・四・一

花豔鳳凰木

熱浪滾燙襲來
大地蒸燒
鳳凰木
點胭脂搽紅粉迎接

太陽狎手撥弄過火
萬物皆憔悴
惟鳳凰花瓣朵朵飛起熱吻
如彩蝶紛飛互爭瀟灑
欣欣然與火球共舞
烈日睜開大眼狂叫
火神跳

鳳凰花姿
豔紅燦
面對金光
羨煞多少粉黛名花黯失色

一陣火紅一陣歡騰
鳳凰花輝煌一片
台灣盛夏的天空
熱情的紅色浪濤由南而北
凸頂高潮

＊註：此詩經由石雕與玻璃燈光設計，裝飾置於草屯鎮草溪路「金鈴園」社區路旁。

《自由時報》二〇〇三・九・二十五

消波塊的海岸

海的腰腿
穿起百景裙
奔跑在沙灘
婆娑款擺，讓海風嘘叫掀起驚艷
那是海
女體般的邊際語言
美麗的姿態

消波塊架起拒馬
像防禦敵人登陸的障礙物
撕破
海的波裙

刺傷海的肌膚

海不是暴民
海不是敵軍的登陸艇

海憤怒地
激起滔天浪濤
越過圍堵的消波塊
發出海嘯的狂鳴

我們何時
能再看到海的柔美皮膚
徜徉在平靜的海灣

《笠》詩刊二三七期二〇〇三・十

胸罩與口罩

肺的胸罩與鼻嘴的口罩
互不照面
SARS過境
攻城掠地破壞了免疫障礙
咳嗽發燒呼吸困難
演成三角曖昧關係的生死纏鬥

強制隔離的愛恨情仇
如瘟疫
鬧入醫院
也無法「和平」了之
各家醫院　急性

封守　呼吸道　口
症候群　體的抗議

口沫橫飛的都得閉嘴
口罩像胸罩
街頭巷尾
機場車站
罩形像奶形
波浪洶湧各異其趣

鼻頭非奶頭
罩來罩去罩不住
春情的四月天
春藥蔓延
因為逃離
機場關閉

因為求醫
醫院關門

鼻小的島嶼尚難罩得住
奶大的大陸罩得了嗎

二〇〇三・五・一寫

《台灣新聞報》二〇〇三・五・二二《笠》詩刊二三五期二〇〇三・六

阿富汗少女

阿富汗少女的
臉，印在雜誌封面上，前
後，烽火十七年
一生迷離
只拍過這兩張
照片　驚世

這一張和那一張之間
都裹著與外在世界隔離的頭巾
纏繞不去的陰影
只透露眼神漫延著連綿不斷的戰火煙塵

瞬間相機追蹤的落差
何其滄桑的年華

之間的這一張和那一張
乾澀的眼睛　對戰爭的驚懼
顫抖的嘴唇　對兵禍的無奈
都是目瞪口呆的
木然
只有坦克車和戰鬥機輾過掠過
狂囂不停

歲月是茫茫大漠
狂沙風蝕地蹂躪
流離的阿富汗少女
驚魂留下的

綠光眼瞳和燒紅的
臉譜
將隨乾草繼續滾動吧

＊註：一九八四年阿富汗少女莎爾巴特・古拉（Sharbat Gula）在戰火中生活十七年後的二〇〇二年，再度與攝影師史提夫・麥凱瑞（Steve Mccurry）重逢，前後拍下兩張相片刊於美國《國家地理雜誌》封面。

《台灣新聞報》二〇〇三・五・七

戰後的戰爭

戰爭沒有預期的劇烈
就演完了
衝突的不是對手

戲散之後
對戰爭的動機和內容起了爭執
才是真正戰爭的開始

隱形的心靈戰鬥
深入到族群文化內涵的
血液
奔流的
地底原油
結怨的

不在烽火雷電的戰機或坦克的對決
而在戲台後的主張和排演的
傷口，無辜的血液
一滴一哀嚎

演完了一場沙暴中朦朧的戲
擺平了城鄉成廢墟
履帶輾過的
古文明的遺物摧毀
很清楚，兩河流域的水紋不再復活
飛彈射出的拋物線
天空也能計數爆炸的牆壁和斷臂

只是戲後的戲
不知如何結局

二〇〇三・四・二二
《自由時報》副刊二〇〇三・五・九

從割裂中再生

從那裡跌倒的
就那裡爬起
從那裡割裂的
就那裡縫合

流淚的眼睛已不再迷惘
流血的傷口已不再劇痛
斷手斷腳的已接肢行動
白幡的幽魂已超渡
死亡的陰霾
已從心靈紓解中昇華
面對再生的陽光

只因災難後
即刻有關照的手臂援伸過來
只因碎散後
即刻有愛心的血液輸入建構的脈管

世紀末大悲劇的地震
從島嶼的中腹
毀滅性的大切割
也激發人性的光輝
不是魔術的幻景
是善心真實的再現
從最高指揮系統到低層密網
從海內外四面八方
心力與物資的匯集

從驚悚的帳棚裡爬出

從組合屋走出
鋼骨與水泥歡唱
新廈與社區舞蹈
黝暗的鄉鎮街頭
秀出亮麗的櫥窗

震禿的火炎山又蒼綠鳥又鳴了
震毀的石岡水壩又肚大有喜了
震斷的烏溪橋又傾聽溪水吟唱了
集集車站再次
點亮山城熱潮的眼神
數不盡倒塌的大廈民屋
造鎮地意氣風發
座落在城市或鄉野的學校
拋開原先震毀的舊形象
設計新穎的一座一座地

聳立與琅琅的讀書聲
邁向新世紀的希望

這曾經是我們從震碎悲痛中
魂歸牽繫的夢想
都纍串實現了

《自由時報》副刊二〇〇四．一．七

戰爭的童年

戰爭寫小說
太多的曲折和詭異的結構
都設計死亡的陷阱
我懵懂讀過不少
被炸開的屍體，火燒的屋宇
逃亡疏散和血淋淋的劇情

飢餓最難耐
比敵人的轟炸機還要兇狠
屬於人人都得嚐到的散文
大家天天啃蕃薯
哼著台灣哭調仔

吞著又臭又長的口水度日

那個年代，我還小
不懂
詩，躲在防空壕裡顫抖
隔壁小女孩
每次飛機俯衝掃射
就抱著我，叫著哥哥　哥哥
我怕　我怕

二〇〇四・九・十八寫
《自由時報》副刊二〇〇四・八・二五

決戰一顆子彈

(一)
不知從哪來的
一顆子彈從總統的
肚皮上擦過

競選的另一對手
應聲敗倒

(二)
眼看就要贏了
好死毋死
一顆子彈從肚皮擦過

驚醒了
遊走不定的人群
偏站到另一邊

（三）
擦過總統肚皮的子彈
無法冷卻

繼續在抗爭選舉無效的
群隊中
咆嘯

（四）
一顆子彈
怎能爆發牽動
數萬人心的威力

薄薄的一張肚皮
如何包裝子彈射擊的陰謀
失敗的懊惱
硬拗　詆毀一顆子彈
排山倒海的沉默

二〇〇四・三・二七寫於總統選舉之後
《台灣日報》副刊二〇〇四・四・一

輯三　太極拳四要

鬆

懸掛起來，頭頂虛靈
支撐的頸部也切除
兩隻手垂落在腰股的兩旁
脊椎一節一節拴開連接的螺絲釘
讓它們成斷了線的
念珠，墜落於山谷的湧泉

各條筋脈有了歸屬
從攬雀尾拍起白鶴亮翅飛落
金雞　獨立

骨盤捧著一盤水
如滑動的車身
兩股虛實之間
移動如輪而站樁

沈

從崑崙頂放下，一切
玉女穿梭於林間
千手旋撥如雲
落葉繽紛飄飄飛
隨風 下勢

如船下錨
海浪洶湧
遠方浮島
不進反退
步如跨虎

不動如山
雨滑滑落
水淨澄清
空穹藍天
進步栽捶
撞擊了地球

圓

地球原是滾的本尊
自轉為走化
公轉為勁發，振人於無形
跌出透勁的拋物線

八方九垓，中定於一點
八八六十四卦旋轉成立體
卦卦掛不住
因為我是滑動的柔體
你不撞我不動
你撞我如封似閉

轉身不只擺蓮
一旋殘荷墜落

不離心
不懸空
意念結構成充氣的
丹田

整

落地生根
葉葉脈絡疏通
成千手的網路
手不見手，彈揮琵琶

根盤
枝幹勁挺
如蓮花亭立，迎風
柳枝垂
沾連不離體
鼓蕩如行雲流水
緩急之間
混元孳乳為太極

二〇〇四年三月創世紀詩誌一三八期

輯四　漂流木

換我們風流

僅管世界文學的地圖
畫得阡陌交織
詩章燦美如星河
都是別人
夜晚沉睡中的夢遺

如果沒有這個島嶼的命運
如果沒有這塊土地的氣息

都是自覺醒後
一灘褲內滑濕的失落感

新世紀的詩文學呀
換我們風流

＊註：此詩為新世紀詩文學願景而寫

刊於《笠》第二二一期二〇〇一．一

愛河

有一條河
他曾經臉紅
也曾經羞澀
愛戀之間的曲折
穿梭流過世間的清澈與污濁

多少愛恨情結
拋棄於河水中
任由
漂浮
沉淪

從左岸泳渡右岸
樹欄的搖晃
從右手握住左手
船舷的暈眩
愛的綿長糾葛著水流的波浪
如何將岸邊的
鐵鏈
一個環扣銜接著另一個環扣
鎖住心房就鎖住愛的堅貞
接連的
就是江山與國土的永固

收入《水都意象／高雄》二〇〇四・十二

漂流木

越獄山林的籓籬
逃脫土地盤根禁錮的圍殺
趁著暴風雨鞭狂飆的惡夜
他們統統臥倒
隨著洪水流竄

山岳的原鄉喚不回落跑的腳步
木的倒下
水的流刑
衝向溪
漂向海

漂流的屏息之間
一段一段斷頭截肢的酷刑
有的遁入收藏的密室
有的曝露於解體的木材廠
當洪水氾濫之後
林木血肉模糊，骨骸畢露
成為垃圾，癱瘓海口

鋸子和斧頭
鑿子和雕刻刀
隨手揮揚
變形　形變　改造　造改
肌理餡露了血脈的夭折年輪
漂流木已失去山靈的護符
如棄國的浮萍

人們隨意雕刻自己的神
把漂流的
木頭
企圖塑造永恆
於澎湃的洪水濁浪之中

《台灣日報》二〇〇五・四・十六選入二〇〇五台灣詩選

台灣咖啡

百年的滄桑，台灣的
咖啡
從苦澀的喉嚨爬坡到香醇的唇沿
掛著風雨飄搖的春芽與秋葉
曾經只有淚與傷痕
沒有收成
落葉掃過乾涸的丘陵
濁水溪流淌難以咀嚼的苦汁
歲月在夢裡枯黃

加糖的日子肥胖了台灣經濟的
泡沫，加奶精的杯中

迴紋，逆轉了落寞的農產業
匍匐的台灣
丟棄了牛車的爬行
咖啡提醒振奮的翅膀飛揚起來
荷包山的夕陽美得刺痛
不眠的夜空
站在華山可相望
一屋一屋的咖啡含咏著
整夜的
香豔
從鄉道的古坑流出
台灣領空的星芒

二〇〇五・五・二寫
《台灣日報》二〇〇五・七・九

一〇一大樓的光與影

在一〇一大樓觀景台
最先看到日出曙光
也最後看到夕陽餘暉

在一〇一大樓附近
最先看到大樓的陰影
也最後看到陰影的消失

太陽無感不覺的移動
人們隨著目眩地旋轉
陰影裡

有太多吃不到光亮的
眼睛

夜晚
萬家燈火
為一〇一大樓的
燈光
黯
然
失
色

《鹽分地帶文學》第二期二〇〇六・二

阿勃勒花舞

初夏微涼轉而溫熱的微風
把伊煇麗的身影
浮貼，上揚了天空
輕柔嫵媚的笑容
垂掛串串金色鈴聲的喜悅

南台灣的形象
高雅雄尊的樣貌
花姿油黃，灼灼荏染

一樹一舞步
開枝招展而來

＊註：應高雄市文化局邀請為辦理阿勃勒花季系列活動以阿勃勒花樹書寫的詩篇

二〇〇六．五．八完稿，收入《黃色迷戀》。

台北一〇一大樓

遠看一支細針
近看摩天大樓
遠看一節竹竿
近看摩天大樓

遠近同時看
成什麼樣子？
模糊了你我

台北人無法
同時　遠近

看清一件事物
被一支細針釘死的
都市地圖
被一節竹竿橫掃的
太陽陰影
摩天大樓
駐進一群
看不到屋腳下的人們

《台灣現代詩》第六期二〇〇六·六

大樓與陰影

你大樓　直線升降
　我陰影　斜走橫行
你大樓　空調流轉
　我陰影　吞吐廢氣
你大樓　眺望遙遠
　我陰影　只顧眼前
你大樓　高聳雲霄
　我陰影　地上匍匐
你大樓　愈伸愈高
　我陰影　愈拖愈長
你大樓了你的高傲
　我陰影了我的卑微

你大樓了你的風采
　我陰影了我的灰暗
你大樓了你的挺拔
　我陰影了我的躺臥
你大樓了你的昂奮
　我陰影了我的喘息
你大樓了你的主軸
　我陰影了我的旋轉

大樓你　姿態固硬
　陰影我　柔軟變形
大樓你　永遠撐住
　陰影我　輕鬆休息
大樓你　原形畢露
　陰影我　隨處藏匿

《笠詩刊》二五三期二〇〇六・六

樹的呻吟

我站在這裡
你們開了路
我成為你們的觀賞物
（還好！沒被砍伐）

我原本不住在這裡
你們把我移植
也成為你們的觀賞物
（還好！沒因水土不服而枯死）

你們到底要怎麼樣
我已經被砍手切腿

修理得不像樣
（不！成為你們認為好看的樣子）
把我歸類編號
把我像囚犯命名
用一個牌子釘在我身上

你們要我叫出哀痛的呻吟
流盡生命的體汁
才肯罷休嗎

＊註：台大實驗林管理處在竹山鎮下坪「熱帶植物園」有高大成林的肖楠，被釘上鋁片編號，被遊客認為是環保不良的示範有感。

二〇〇六・四・十九

《笠詩刊》第二五四期二〇〇六・八

鐵道列車

鐵軌不斷地延伸歲月的
空茫，火車載走的
盡頭，排一列人人離散的月台

燈亮燈滅
鐵道指示訊號有時紅有時綠
一節一節火車的身段
一站一站必須下車的終點
各有不同聲調的
嘆息，火車的氣笛
穿透，年代的氣喘
病症，隱沒地承載著

車箱與車箱的拖連，骨節與骨節的疏鬆
老人手持半票隱隱作痛的時間煙塵
一路撒落無法追回的影像

一列高速火車
揚起一陣風浪呼嘯而過
車廂內
一群年輕男女的嬉笑聲
狠狠拍打在被歲月塵封的臉上

二〇〇六．六．二三寫　二〇〇六．七．八修改
《鹽分地帶文學》第五期二〇〇六．八

四十美得一枝花

（為笠詩社創設四十年而作）

從無到有
從青澀到黃熟
結成四代纍纍豐碩果實
渾圓而美滿

掀開斗笠
我們已不怕太陽炙熱的煎熬
我們是島嶼聚集的能源
和太陽結合發光
面對海洋的風暴

挺住山洪的土石流

風風雨雨原是詩文學的資源
或直述賦予
或比喻象徵
都是開了花
結了果
的真實存在

撒落大地的詩學記印
生命血脈的肥料
腴沃了台灣詩文學的基地
四十年不算短
千百年不算長
美得一枝花

《笠》詩刊二四一期二〇〇四・六

鏡子

無心觀照的鏡子
永遠沒有我的存在
當我擋住他的視線
我才出現

看到我時
永遠是現在自己的我
我的過去在哪裡呢？
是否表面被記錄的皺紋
就是我歷經的冷暖

臉上的我
被歲月腐蝕著
變化中的我
才是真正的我吧

時間的斲傷
無聲無息
在鏡子裡
也在鏡子外

《笠》詩刊二四七期二〇〇五・六
日本詩人今辻和典日譯於《詩與創造詩誌》五四期二〇〇六冬季號

雨的技倆

雨落著
籠罩成密網
使我們無法自由進出

雨落著
成濃霧包圍
我們看不到遠方

雨落著
堵成隔音牆
我們聽不到外界聲響

雨落著，雨的技倆
落著　落著
變化著政治般的魔術

《笠》詩刊二四七期二〇〇五・六

詩的插秧

（悼念詹冰詩人）

您走了
帶走了一生美滿愛情的版圖
高齡享有的子孫天倫之樂
作為詩人應有的光環

我再讀您的詩
感覺
五月真的綠血球滾動了大地
我看您的畫
恐龍
嘴角

有著您與孫子們逗趣的神態

您一直想用十字詩
來插秧
其實您的文學水田
豐滿的稻穗
像您的言行搖揚在秋風裡
有著規矩的浪舞

我走入您一畝一畝的
詩行
散步
充滿詩情的微風
令我哀傷

《笠》詩刊二四二期二〇〇四・八

印章

有些時候
我出面也不行
還要我的印章

有些時候
我不必出面
只要我的印章就可以

印章不是我
卻超越了我
成為我的化身

銀行取款
收掛號信
申請表甚麼的
都須要用印章
我印章用最多的
常常是我買了書
也蓋上我的印章

我的印章
蓋在那兒我的權益就在那兒吧
偶爾發現蓋過的印章
驚覺自己真的責任就在那兒嗎

《笠》詩刊二四八期二〇〇五・八
日本詩人今十和典日譯於《詩與創造詩誌》五四期二〇〇六冬季號

輯五　南投即詩

九九峰靜觀

遠看峰峰連綿
近看也擁抱相依偎
說它們是山峰當然是
說它們是一簇一簇火燄也可以
也許更像
一座一座蓮花的開放

靜默如禪的神態
千古無語
任由烏溪水長聒噪奔流
任由眾鳥棲息和雲絮徘徊擁摟
卻在大地震時

發出震撼的吼叫
一夜之間禿頭
莫非更具禪意

山腳下
鄉民的勞動和閒慵
檳榔樹的採擷和黑牙的咀嚼
菸葉的採收和燻烤煙鴞的吞吐
只留給從山背爬起的
太陽去晷刻量計

水田豐盈清澈的影像
依舊印映著
峰峰久久的笑容

《台灣日報・副刊》二〇〇三・五・六

埔里盆地

埔里盆地
被四周圍峰拔丘臥的山巒所包圍
曲線秀美的山坡
被富麗巍峨的寺廟所佔領

假日駕車湧入
想看山賞水的來客
地理中心碑只是停車小解
鯉魚潭釣不到一條小吳郭魚
觀音瀑布細如小楷如何寫出
氣勢磅礴的景點

寺廟一座比一座龐大豪華
雄壯，人們已把埔里塑造成
一座神山
匍匐前來朝拜
十萬二十萬人潮填滿
已經沒有清純空隙的
山城

紹興酒過時的品味是否仍然醇香
要不要再喝一杯礦泉水
還是埔里酒廠吃一枝冰棒清醒吧

二〇〇三·三·十三
《台灣日報·副刊》二〇〇三·六·十九

水里蛇窯

游過水湄，山道成曲折
水里的蛇身穿過火窯
鍾鍊成精
捏住天地首足
泥土特質與風櫃抽送以柔體昇華
林木倒伐
火焰從水中燃燒，不再土軟

水缸的故事，從拉坯的手
旋轉腳踩，敘說百年日月
苦汗與笑料的口水如肚皮的柔硬
從一罈一甕的裂痕裡流出

都是煎熬的火祭

瓶瓶罐罐的嘴口
斜裂或圓融
胖與瘦的姿容都能打造肚大能容的海量
各領歲月年輪，挑戰
最高最大的世界紀錄，水缸
風騷如手紋的撥弄
中空的回聲，鏗鏘
震波達到五湖四海

二〇〇四・三・二
《中華日報・副刊》二〇〇四・六・二五

柯郭別墅

簇簇峰連的火炎山下
平林村
臨靠烏溪畔的
岩崖平台上
一幢別墅　座
落　一片山巒的旭輝
溪水的夕色

畫家柯耀東
郭皆貴伉儷結構的孩子們
和每一個
窗口
從裡面往外看

一幅畫
從外面往裡看也是
一幅畫
屋外的山水
春綠秋黃繽紛著線條與色彩
屋裡的人倫意象
也隨著思維和筆墨輪轉光影

草屯地區多層疊翠的田野山林
都集合到柯家的
窗口
來繪畫
看來看去這一家最能抓住筆觸
裡外都成風景

二〇〇三・四・九
《台灣日報・副刊》二〇〇三・八・二五

路過霧社

到霧社看櫻花
到霧社看抗日紀念碑
那是從前，現在呢
看莫那魯道的銅像
還有呢
霧社事件已很遙遠

霧社
過去就是廬山泡溫泉
過去就是清境農場草原合歡山賞雪
再過去
就是中橫公路可到花蓮看海

霧與社
被過去了的
櫻花　飄落過了一灘鮮血
卻過不了路霸費
啊　終於免收了
還是緊緊路過

＊註：長久以來被遊客所詬病的霧社收費站，終於從二〇〇三
年四月七日起停止收費。

二〇〇三・四・九寫

《台灣日報・副刊》二〇〇三・九・二

集集車站

人潮穿梭
一雙雙外客的腳印
一張張陌生面孔
車站
帶進帶出

來集集吃什麼嗎
來集集看什麼嗎
品味都在熙熙攘攘和觀望之外

離開喧嘩的都會
開車來的
乘坐火車來的

山城小火車站
被形形色色的手腳粘貼塗鴉
驛站寫成歷史情懷的標誌

土產水果甜酸蜜餞的賣店攤販
集集大山青藍的輪廓
襯托
湧浪成形成色成音成悠閒的畫面
嗚……火車要進站了

車站，舊時代木造的巧小建築
大地震毀了又依樣
重建，再次點亮山城的
眼睛
攝影著歸鄉與異鄉客的人影

二〇〇三・六・二十一
《中央日報・副刊》二〇〇三・十・二十

濁水溪傳奇

千古潺潺混濁不清的濁水溪
劃過不明不白的更替
朝代
這個島嶼肚胸地帶的
脈流

偶而
清醒數日
謠言就四處濺起
一陣大風雨來臨又陷入
不見底
不明究理的
混亂

傳說裡
台灣當家作主的日子
還很遙遠
看不清自己歷史的河流
如何看得見水清中的
游魚面目

《台灣日報·副刊》二〇〇五·二·十五

日月潭雙眸

用左眼看
用右眼看
都不如同時
看日月輝映的
雙眸

晨與昏
日與夜
都秀美
有彩光撒落
有星辰昇起

潭中拉魯島
祖靈傳說下來的一粒玉珠
戲弄
俯身探頭的山脊龍脈
山起伏
水蕩漾

《台灣日報·副刊》二〇〇五·二·十五

火炎山容顏

多少被埋葬的
無名之火
從地底
燃燒，不眠的肉體
蔓延，焦慮的
火樣的
山群

溫馴的庶民
勞動於山坡的墾殖
日日燒紅的
臉

無視於
太陽龜裂山脊的痕跡
亮出
不死的容顏

二〇〇四・十一・三十
《台灣日報・副刊》二〇〇五・二・十五

埔里酒情

南投山水能醉人
埔里酒味最高點
望山形迷人
親水影情深

飲埔里酒盡收山水風味
天地畫面要能意感我心
人情融入最溫醇
酒　醉埔里
甕與甕之間
舉杯乎礁
不在滿盈

有朋友在埔里　最幸福
能畫能文
杯盤之外
刻鏤詩句與酒吻
莫說風流

《台灣日報・副刊》二〇〇五・十一・十五

風櫃斗賞梅

風斗櫃山脈海拔八百
穩坐
相望豐丘村
陳有蘭溪的水汶握緊兩岸成鼓槌
洶湧衝擊
或涓涓流囀
都沾粘體貼騷弄，揪住
四季雲霧風霜遞變的奧義

冰冷最貼近天心
天寒始知梅香的清透
地凍方能領略梅骨的倔傲

山嵐如風櫃吹送
葉落繽紛的冷冽
沿著山坡向上席捲
梅開朵朵，探問冬來
群山梅樹枝頭
胭脂紅
如唇吻頻頻飛送

不必探幽尋蹤
滿山谷坑
盡是花姿顏容隨著山坡湧動
賞梅的人頭也跟著枝枒伸延詠頌
花語不絕散落蜿蜒的山道
口口都是梅香

二〇〇四・二・八寫

日月潭之美

日月追逐成天象
化作美麗的潭水風光標緻台灣
日的光圈
月的形影
乾旋坤轉而繾綣的形體
深深的大地之愛印映潭心

青龍崙龍兩山頭伸入潭裡
拉魯島如珠　戲弄
族人的祖先逐鹿到潭中
樹立祖靈
祖籃與杵歌梵唱豐年祭典

晨曦把潭湖的眼睛點亮
鴛鴦水鴨齊飛
夕暮彩霞與潭光輝映
振盪夜鷺翱翔

扁舟划盪
魚網抛起
曲腰魚群
水面跳躍
遊艇駛過
波心我心

妳送秋波粼粼而來
我唱情歌蕩漾過去
卲族的少男少女多情熱
杵音與舞鈴的韻律高亢悠揚

日月潭的歡樂　時時
臨潭的木造步道穿沿
花葉扶疏掩映
遠看山　近戲水
山中之水水中之山含笑對吻
日月潭之美萬種風情

二〇〇七・二・二八寫
《日月潭國家風景區簡訊》二八期
收入《閱讀文學地景》新詩卷

輯六　旅遊詩抄

中國大陸之旅詩抄

黃鶴樓

不見黃鶴
只見巍峨的
樓閣，層層疊疊的
飛簷昂揚

從千萬里外
循著李白的詩句而來
不見煙花三月何等景象
初秋的落日霞輝

照亮樓閣
一片輝煌浸染於回思的
詩史中

群群遊客沿階登樓看熱鬧
閃躲在擁擠裡 我
不見長江浩瀚天際水波
只見現代橋樑長遠橫臥
車輛魚貫穿梭
遠在樓頂眺望中

啊 黃鶴
已飛入故國蒼茫的天空裡

《中央日報》二〇〇三・一・二八

黃山的松石雲海

山峰對望著山峰
以奇出多姿的貌樣挾持皺紋的岩石
隔著無法探底的深谷
令仰望成巍峨

松樹的根鬚蟠入岩壁的裂縫
堅守攀附著
岫出勁挺的肢體
針葉與枝椏
有的斜出有的直衝蒼穹
成危險的舞姿而自得的
揮揚，莫非是對空靈的探索？

山峰與溪壑如有情意
靈肉的交感在此銷魂成
雲霧，從有形到無形的歡愉
已非僅雲山的擁抱
而是魚水的翻騰

挑夫的汗水和遊客的喘息
把疲憊一路丟給蒼勁的松林
級級登臨
意不在山
午後的時刻
全都浸泡在雲海裏
各自隱去了自我
模糊了情意的定位

《更生日報》二〇〇三・二・二三

巫山路過

曾經滄海難為水
除卻巫山不是雲
——元稹・離思

路過巫山
不見雲霧瀰漫
只見山城屋倒牆毀
滿目瘡痍地斜掛在山坡
鄉民挑的背的行色匆匆

長江水浩蕩流過山腳千萬載
此刻就將漲水
漲過腰腿
漲過胸膛
漲過嘴巴鼻孔

漲過千百年來
先民經營的家園和現在的門窗屋瓦　以至
滅頂，無聲叫喊

長江水呀
不再遠流
只徒高漲
淹沒了城鄉的沈默和無奈
一扁擔一籮筐的
遷　徙

山水不再纏綿
鄉情不再悱惻
長江已被橫割而浮腫成一條不知
思古幽情的
肥龍

二〇〇二年九月十六日遊長江過巫山縣因築水霸見拆城有感
《中央日報・副刊》二〇〇三・四・十三

夜遊白帝城

悠悠長江水
流延千古歷史
突然翻閱這一小節，今夜
江輪泊宿
隨著登山道的夜明燈
徒步登臨

前人詩句和繁冗簡冊層層累累
圍繞如蔥鬱的林木
聳立如廟宇的巍峨
我來去匆匆
如何看完讀完每個環節和奇峰妙水

只是走馬看花
盯住劉備伐吳兵敗
臨終之前在此托孤於諸葛亮這一悲切
就已心中凝結，注視
塑像比史冊的句讀更清晰
卻不夠古拙蒼遠和真跡的隱透

短短旅遊的一小頁
爬累了一千多年依舊在的
黑夜，差一點
被水淹埋

※註：二零零二年九月十五日夜晚，乘江輪泊岸登遊白帝城有感。按中共建長江水壩將於其年底擋水，水位將升高一百多公尺，白帝城將只成一個小孤島。

二〇〇三．一．三十寫
《更生日報．副刊》二〇〇三．十一．九

觀錢塘潮

奔跑了千萬里
時間越過
人潮湧來
海浪湧來

錢塘江
蛇吞象
張開海口
海水逆行倒帶向蛇形的江河
萬馬奔騰地湧進

如果歷史也能逆捲
當我們看到

多少英雄豪傑和洶濤駭浪的史事
滾滾從面前衝擊過來時
是否更會一陣狂叫

而濁浪奔來
人們靜默
之後迅速地人潮退散
江邊寂寂
風草淒淒

可逆行也許是
一種自然的現象吧

二〇〇二年農曆八月十五日中秋在浙江省海寧縣鹽官觀潮有感
二〇〇三・十一・二五寫
《中央日報・副刊》二〇〇四・一・十

印度之旅詩抄

甘地銅像

甘地駝著背
低著頭
不看繁華城市的廣告

甘地披著肩巾
斜著眼神
不望海洋遙遠的金光

他背著午時

天竺燒烤的陽光
沈思著
拄著篤定的手杖
跨出大大的腳步

任由遊客各取角度拍攝
他都以同樣的姿態
邁入深沈的印度史詩
陪你入像
不管懂得印度多少

二〇〇三・十二・五於BANGALORE 班格洛

飄逸的婦女小工

用磚塊砌造房屋的場地
用石塊鋪設道路的場地
印度婦女小工
頭頂著一個鐵圓盤
裝著七八塊磚塊
裝著水泥沙土

搬運的姿態
虛靈頂勁地搖擺
亭亭玉立地
穿梭

披肩淺薄的長衫
在風拂與塵沙中一起飛揚
緩慢的步伐
有點慵懶的彎腰下蹲
給敲打石塊和攪拌水泥的男工們工作之外
一點飄忽的悠閒
一串穿流的曲調

而他們無感不覺的目光
正呈現了生活文化的
悠哉步調

寫於 青奈飛往班格洛機上二〇〇三・十二・五・pm 5:15

乞者的陰影

緊跟不捨的瘦弱小孩子
抱著吃奶嬰兒的婦人
爬行在地上的殘障者
世界各地落後地區都有的吧
同樣伸出
手掌向上的手勢

一直粘著我
跟著不放的黑瘦而斜長的陰影
強烈地捉住
我的不忍與憐憫
膠漆著一路觀光的景點

聽不懂他們多種的語言
那隱藏著複雜種性階級
南國燠熱又陰濕的汗臭
模糊了攝取美景的焦點

盧比還是一張一張
塞給乞憐的眼光
明知那是無底洞穴

苦熬的民屋

沒有屋瓦
見不到頂
四方形紅磚堆砌起來的
民屋
獨立的
連棟的
都一樣袒露出磚塊素樸的皮膚
被割傷的內肉
骨架接榫的血紅
沒有眼睛的房屋

似乎都在蹲著打睏
睜不開的眼瞼
牆壁是唯一避風雨的殼

未完成的模樣
花　來不及盛開
就想結成的果蒂
看起來
更像正在被拆除的廢棄屋

這些建築拄著
皮膚黝黑的住民
似乎已歷經一場長期又苦熬的戰亂
仍要撐注雨淋烈日

印度之光

總覺得他們很襤褸
不只是衣衫
從頭巾到
赤腳都邋散

只有小學生們
穿著整齊清潔的制服
上學放學的時刻
穿過垃圾和塵土揮揚的街道
以及漠然張望的人群
這是一群明亮的光

活潑地在他們黝黑的皮膚上
發亮蹦跳

我雖是過客
卻期待著
那是印度沈潛的能量
未來黑色的金礦

二〇〇三・十二・五寫於青奈至機場途中車上
以上五首發表於《文學台灣》五〇期二〇〇四夏季號

艾羅拉石窟

百年千載的修行
佛陀，異化為冰冷的
石像，陰暗的歲月不知春秋的流轉

你有你膜拜的神
我有我膜拜的神
雕刻著
各異其趣的手藝
簡易而傳神

不同的形象
一樣的虔誠

均隱藏在深暗的洞穴中
面貌與軀體靜坐在時間的洪流裡
風化腐蝕
有的手腳
斷落於不知的年代裡
有的面目模糊認不清自我

一窟有一窟的光與影
搔擾的遊客
僅僅是到此一遊的吧
你能丈量一刀一鑿的歷史痕跡嗎

《自由時報・副刊》二〇〇四・七・十六

青奈海濱沙灘上獨行的老者

印度人很多
去寺廟裡膜拜
沙灘上的
老者獨徘徊

印度人很多
在街頭張望閒坐或臥睡
沙灘上的
老者獨徘徊

印度人很多
婦女抱著嬰兒向遊客乞錢

沙灘上的
老者獨徘徊

背著行囊
背著強烈的陽光
一位老者
濱臨大海的沙灘上
獨徘徊

二〇〇三．十二．五寫於印度CHANCERY 青奈
《台灣日報．副刊》二〇〇四．十一．三

巴哈夷教蓮花寺

藍天穹下
綠色草坪上
水池九宮羅列
一座巍峨的蓮花
盛開，奧義了一朵宗教的
建築

九方建構的空間實體和神異的
靈虛於此凝集天機
沒有偶像神祇和圖騰香火
沒有梵唱與膜拜

我脫鞋躡足進入
一座空山的寧靜
蓮花中心開出的
天窗，放光撫慰浪跡天涯遊子的思緒
閉目我靜坐

和平與博愛的信念
教義了如蓮花瓣瓣的純白
聳立在印度多種神教的南國麗陽下
脫序於繁瑣禮拜之外

二〇〇三・十二・二十寫
《自由時報・副刊》二〇〇四・七・十六

德里街頭

無緣無故的站著
（我認為）
在街頭
並不企盼日出

無緣無故的坐著
（我認為）
在街頭
並不等待月落

無緣無故的走著
（我認為）

在街頭
並不辨認方向

無緣無故的懶散
一群人又一群人
屬於樂天知命的幸福嗎
啊！街頭忺愒的人影

二〇〇三・十二・六於印度班格洛
《台灣日報・副刊》二〇〇四・三・十九

泰姬瑪哈陵

潔白可呈露愛情的純一
大理石鑲嵌
寶石與黃金的花紋
記錄刻骨銘心
每刻勒一片
都是晶亮的喟嘆

再多的纏綿悱惻
終究隔岸
如隔世的冰冷
覬覦皇位的爭奪
寫盡歷代滄桑變局的噩夢

都是癡迷，人心
權柄的掌握，永不鬆手的慾望
阿格拉紅砂城堡的禁臠
只能對望
從鑽石晶片中反射
日斜殘美的
夕色
愛姬，啊，城郭之外
永遠美麗的泰姬瑪哈

《自由時報・副刊》二〇〇四・二・十

寂冷的神像

一洞一洞幽暗的石窟
我們攝影不到自己的
身影
借用場外太陽的反光板
我們看到了
質樸古拙的
神像
或坐或立或垂目或睜眼
或以豐胸細腰阿娜
之姿

緊貼在堅硬的岩石上

冷寂地走不出來
五百年
一千年
還要更久遠

二〇〇三・十二・二十
《台灣日報・副刊》二〇〇四・一・三十

西歐之旅詩抄

布魯塞爾的尿小童

一泡小男童的尿水
拯救一座城堡
一泡小男童的尿水
澈滅一段引發火藥的導火線
一泡尿
尿過幾世紀
一泡尿

尿過多少迂迴的街道
一泡尿
尿出幾多千萬觀光客的尿急
擁擠一尊裸體

多少外交使節親善地贈送錦衣
小尿童威廉還是赤裸
國王之家的博物館
收藏超過三千件的衣裳

日夜不斷撒尿的世界
戰火仍然連綿四起
也許人心缺少一份如孩童
無臊味的尿水和裸裎的相向吧

荷蘭風車

風車不斷地旋轉著
海風不斷地狂吹著
把風轉成神力
把海水轉成陸地

荷蘭的版圖
是一塊鮮草
轉換為牛奶的魔術地毯
已經僵死在歷史框架的風葉
海風依舊吹拂

滑鐵盧陰雨

一八一六年六月中旬的
滑鐵盧，泥濘戰道路
陰濕地草滑
滑倒
一座英雄
銅像
飲泣而建起

起於拿破崙雄心馬背騎
騎兵數萬馬驚慌
對決的炮火編織著羅網
陣雨成鞭
馬蹄踩踏不出方向
慌亂的眼神模糊旗幟的顏色

求救的傳令兵滾落成一隻
被踩扁的喇叭
回應千軍萬馬嘶殺的
闇啞

雨，同樣飄搖在急風裡
今日，我只是隔世的異國觀光客
拿破崙的銅像
矮小的體態，裝訂在歷史失蹄的戰役上
仰望
萬人塚的高聳
形成卑微的比例
誰又能描繪出哪一位無名英雄的顏面
風雨淒淒淋濕中
南望的金獅
流淌多少淒風苦雨的淚痕

以上三首發表於《文學台灣》五四期二〇〇五夏季號

躺著看鐵塔

躺著看艾菲爾鐵塔
巴黎的風華謝落於草坪上
留一個頂尖刺向
天空，多變的流線衣裳

四季的流風
把秋的體膚輕輕地吹起
世界緊貼在敏感的大地上
大家躺下來
呼吸和緩
日光與天空測量著鐵塔的高度
陰影流轉

繁華消遁，從躺臥的斜度看
塔的存在
挺住巴黎流行過後的變焦

草坪上
仰望的眼神
思維的飄盪
都不如男女擁抱的實感

凱旋門

通過凱旋門的
不一定是勝利者
抬頭仰望的
當然也非全是失敗者

浮雕的歷史意義多少人認得？
鎮壓在大馬路中心
巨大的是歷史的圖騰
誰？真正永恆撐持
繞幾圈抬頭
這邊看看
那邊摸摸

一定是遠來的觀光客
凱旋門在陽光移動的投影下
穿梭的
應該是芸芸眾生吧

阿姆斯特丹紅燈區

兩岸夾住運河
入夜紅燈亮起
一格一格玻璃櫥窗內
霓虹燈閃爍與河面水影互映
淫浪蕩漾

白黃黑各種膚色的胴體
電放誘人的姿態
搔頭弄眼令人立刻染患戀體的鄉愁
從古代漂泊海上的水手到現在的觀光客
均一一陷入
運河，滑潤的船隻

抽送夜夜魂歸魂去的激情

只隔一布窗簾
床的方寸世界茫舒溫暖
街道運河通到大海都淒冷
阿姆斯特丹
世界性交易大港口
嬲得合法

女人擁抱陽具的
塑像，豎立河岸
船隻來往投射的燈光
使他昂奮又縮萎
兩腿鬆開

以上三首發表於《文學台灣》五七期二〇〇六春季號

巴黎．香榭里榭大道

高聳厚重的四方形
凱旋門，襯景
香榭里榭大道，梧桐樹扶疏的蔭影
初秋的涼風吹拂著
飄飛幾片落葉

擺一個姿勢，我
要取下瞬間巴黎的印象
數位相機的鏡頭似乎抓不住
我心象的焦點

露天咖啡座，啖飲
寬敞的人行道，蕩漾
各種膚色與體型悠閒浪漫的腳步，交感

年輕高挑波浪的女郎，亮麗
走街巴黎的誘惑，閃爍
在藍色的眼眸中
波特萊爾很遙遠
撿拾不到惡之華的詩句

我的姿勢不夠瀟灑
視野不夠深入
行腳也不夠寬廣
我思緒的密縫裡
流連著故國遙遠的島嶼
啊，巴黎
塞納河印映著艾菲爾鐵塔
也能浮貼我的身影嗎

二〇〇四・九 遊西歐荷法比德的詩作之一Champs Elysees
《中央日報・副刊》二〇〇五・二・二四

羅蕾萊之岩

沿於阿爾卑斯山峰的雪水
降落或直瀉奔流
或委婉阿娜浪漫成裙波
萊茵河的流水千里悠悠

兩岸諸多高聳的城堡仍貼在山岩
矗立對峙的邦國成古老的圖騰
多少興滅流於河水的泡影中

急湍是激流撥彈岩壁的歌聲
暗潮迴盪洶湧驚駭
陣陣迷人的魔音

如詩如幻引入急水的漩渦
美女鉤魂的金髮
鉤走多少水手和邪淫的眼珠

是真是假
均穿透心房迴盪進入急湍
膧體切入岩塊的實感
想撞擊的擁抱不分晝夜
霧起霧迷

《台灣現代詩》第三期二〇〇五・九

蒙古之旅詩抄

七月來蒙古

七月的蒙古高原地下蘊藏的
流水冷冽如冰
蒼鷹俯視大地盤旋籃天白雲
我們踏著風沙熱潮而來

站著遠望無際的草原
雲的腳步行走著
蒼鷹的影子飛行著
我的影子

蒸發著大地煎烤的熱氣
路，延伸草原延伸沙漠到無盡的
地平線，輪廓清晰而起伏的
接近天際

一個海島國來的
旅行者，投入廣袤的大地
如乾涸的船隻，渺茫的
漂流於浩瀚的海洋
足跡所到驚訝如冰水灑在火中滾燙

二〇〇五·七·十三夜 蒙古烏蘭巴托

火車劃過大草原

火車拖拉衝出一段拋弧線
噗噗噗噗劃過大草原
切割的兩邊風景
隨即飛奔飄揚起景觀的影片

馬群舞動起來
羊群舞動起來
牛群舞動起來
不同的色調
進入風景的畫面
進入風景的筆觸
馬群

脫離韁繩而自在
羊群
脫離柵欄而悠閒
牛群
脫離鞭撻而輕鬆
草原
脫離塵沙而蒼綠

只有遠遠的山丘
拉著天地線不放
彈奏著天籟的大樂章
當我們進入以及抽離的瞬間
灰鶴騰空飛起
土撥鼠奔跑入洞

二〇〇五・七・十四烏蘭巴托往賽音山達途中車上

大沙漠往那裡走

大沙漠平坦一望無邊際
往那裡走才是正確的方向
輪軸放射轉盤都是
路
變成無路

越野車駛過就成路線
駱駝走過也成路線
牛羊馬群
走過就是路
沒有限定的路
通往無際的天涯

如果可以找到一棵樹就好
如果可以找到一個蒙古包就好
如果可以找到一枝電線桿就好

沒有座標，如果
單獨的
把我丟在這兒
真的
我不知道往那裡走

二〇〇五・七・十五往烏蘭巴托火車上

蒙古包內的沉思

圓圓的蒙古包
我躺在裡面休息
輻射狀木條架支撐著
帆布，中頂開窗透氣

沙漠裡咆哮的
太陽，射過天窗成一管強光的火力
巡察式的舔著地毯移動

獨自一個人躲避太陽光影
平臥的
軀體，被包圍的世界

透過天窗
看天空只是一個小洞口

蒙古包
包住了我
在沙漠裡
只是一粒沙，沒有過往與未來的歷程
唯有生活在這大塊土地的
牧人，才能分辨生存的方位

一個短暫停留的旅行者
足跡馬上消失
不知生死，在這大沙漠裡

二〇〇五．七．十五晚間十時寫於前往東戈壁省會賽音山達的火車上

戈壁沙漠中的一口井

仰天 遙遠空穹
俯地 荒蕪遍野
生存的
條件，全靠這一口
井，唯一可以降溫的插頭
焊接乾旱熱騰的沙漠

大地觸電的
水，從這一出口湧現
生靈的動力，所有生命的血脈
穿過這個洞穴與之同步
呼吸而息存

馬駱駝牛羊的
牲口，牧人騎馬揚鞭汲奶的活力
從這一針孔汲取，水
生命的源頭，冰涼的
燒煮著
沙漠中，反芻的胃囊與雜草

二○○五．七．十六晨七時 寫於蒙古賽音山達

草原上的羊群

成群結隊的羊群
抓著草原不放，啃著
啃成一塊一塊癩痢癬
抓著抓破綠草與沙土的皮傷

每天太陽出來
抓著，白的黑的雜色的
癬，就燥熱起來
夜裡，癬自動冷卻消失
如此反芻著千百年的放牧歲月

嚼著嚼著羊齒的嘴巴
咬著綠色的草原

這裡癢那裡癢
每天流動轉移，癢在不同的地方
蒙古草原太大不怕癢
一粒一粒羊屎，撒豆成兵
一放就是草原治癬的
靈藥

羊群的癢，搔在草原上
草原被抓成不同
層面的
皮紋，從近綠到遠籃

二〇〇五・七・十六寫於烏蘭巴托往哈爾和林途中車上

駱駝背上的距離

右腳跨過駱駝的背部
坐穩，從駱駝跪地站起突然傾斜
離地的驚慌，我鎚心的震盪

兩腳懸空，失去重心的自我
隨駱駝走動，前腿牽連到
背部的夾脊左右滑動
我僵硬無法自持的身體
一下子傾左
一下子傾右
緊緊抓住駝背上前峰的長毛
眼睛只能落在駱駝嘴的前方

忽然感覺自己的腳步和駱駝的腳步
有不能接通的距離
頓覺牧人在駝背上自然瀟灑的姿態
是已接通了彼此腳步的頻率

在駱駝的背上
大沙漠僅落在眼前焱陽的晷影
我一時失去觀賞沙漠的狂飆與壯闊的能力

二〇〇五・七・十六寫於蒙古哈爾和林

戈壁大沙漠

乾涸的海洋
太陽高熱蒸烤過的海洋
波浪僵死不動的海洋
蔓延著視網膜罩不住的海域

我的影子，沒有一個馬蹄
我的影子，沒有一鍋駝峰
我的影子，沒有一棵仙人掌

唯一移動的
太陽的腳步

舔著沙漠的皮膚
吐著火舌

終於看到兩顆數億年前的恐龍蛋
化石，僵掉了時間差距的思考
熱氣把影子淹沒到喉頭
我們迅速逃離
因為風暴即將來臨

二〇〇五・七・十七寫於哈爾和林往哈斯台途中車上

額爾德召尼寺的梵唱

一百零八座小白塔構成的
一道白色石牆，圍繞寺廟
誦經聲浪混淪地流洩出來
異國遊客的
腳步，跨進門檻逆溯梵唱的源頭
人影與經文同樣陌生的翻轉
一頁泛黃又翻一頁
沒有語言相同符碼卻共振一致波律的
宗教虔誠，語調的
節奏，好奇的吸引

遊客看完神像和法器走出
遊客走累了坐在板凳休息

遊客隨意看著
遊客閉目凝聽
一位老婦手持念珠
數著流轉

六七位小喇嘛坐在後排
有的左右看著遊客
有的彼此交談
有的搔頭弄耳
心和遊客一樣流蕩著

曾經輝煌的皇都已成廢墟擱在牆外
繞了一圈繼續下一個旅程
熟悉又陌生的梵唱聲漸行漸遠

二〇〇五・七・十七寫於哈爾和林往哈斯台途中車上

騎馬在大草原上

我騎著馬
走在草坪上
我有點害怕
馬走過山溝
我有點害怕
馬跑在山坡上
我更加害怕

我抬頭望著遠方不動的山巒
心慌才平靜下來
漸漸我能適應馬身體活動的要領
我和牠配合成一體

在文明的生活裡，
我已成為一部
機器，鑰匙按鈕密碼卡號
分解了我自然的本能
透過馬的身體
首次體悟到與自然結合的動力

二〇〇五．七．十九寫於往烏蘭巴托途中

飲蒙古馬奶

蒙古人以銀碗盛馬奶迎賓
最尊敬的禮數
嚐一口
飲一碗
任君斟酌

酸酸的
腥臊帶有酒味的
高濃度奶汁純乳白色的
捧起整碗飲盡
最為豪爽

解渴如飲啤酒
壯身如食補藥

成吉思汗揮軍策馬
蹄踏歐亞大陸
沙場的士兵一手持槍一手握奶
奶汁腥味撒遍千萬里
不知患思鄉病

請喝一碗新鮮的馬奶
遠來蒙古的朋友

二〇〇五・七・十九寫於烏蘭巴托

蒙古野馬

孤冷與傲熱
昂揚沙塵於蹄聲之外
風暴與雪冽
飛奔於鬃毛的掃刷裡

沙漠與草原
出沒於日旭與暮暉的弧線
穿梭與避藏
冷熱於高溫與冰凍的極限

日燄蒸蒸
雪凍皚皚

蒙古野馬
決戰天地的絕情於嘶鳴與蹄聲之間
自戀異質的種性
徜徉的大地
一切生靈都逃離或僵死

蒙古曾經蒙古了世界的歐亞
野馬曾經野馬
歷史狂沙的一頁
蒙古最野馬
野馬最蒙古
美了天地的性靈

二〇〇五・七・二十寫於由蒙古轉機韓國飛返台灣的飛機上
以上十二首發表於《台灣日報》二〇〇五・十・十四・十五
收入《戈壁與草原——台灣詩人的蒙古印象》

附錄

追尋自己永恆的神
——讀岩上詩集《漂流木》

▲曾進豐▼

引言

《漂流木》是岩上第八本詩集(1)，共收錄九十首新作，距離前一本詩集《針孔世界》的出版，只有短短五年，稱得上是多產詩人。

在詩風表現方面，岩上或許是「笠」詩社的異數(2)，但其詩作內涵不變的原型基調，就是對土地的關懷，以及整體生命的探問掘發與永恆追尋。歸納其題材主題，不外乎生活的感發與生命的探索、情愛滄桑的詠歎、田園鄉土的凝視、現實社會的觀照與批判、哲思理趣的感悟等五類(3)，《漂流木》與之前必然有互相重疊、賡續延伸之處，也不乏擴增新變之處。全書依序分為「樹葉的手掌」、「鋼管女郎的夜色」、「太極拳四要」、「漂流木」、「南投即詩」、「旅遊詩抄」等六輯，指涉的題材層面甚為廣泛，主題意涵則大都透明清朗。所需提出說明者，詩中的隱喻暗示，於各輯之間並非涇渭判然，而有其交流糾葛的模糊地帶。換言之，「分輯」並非完全按照題材或主題歸類，因此以下論述亦不強依輯次劃分。

歷史傷口與主體認同

輯一「樹葉的手掌」，探求「樹葉」的脈紋理路，隱涉一個年代、兩個國家的現實葛藤，「每一片／都披示著種族的血統」、「只要根鬚不死／只要樹身不斲喪／每一片葉子／都網住生命流暢的血管／生存的喜悅／繁殖的欲望／都編織在葉葉交錯的光與影之間」（〈樹葉的手掌〉），如果詩裡的「血統」、「血管」及生存繁殖的喜悅、欲望，充滿象徵意義，則「樹葉」未嘗不可視為台灣的隱喻。此輯詩作多愴感無法癒合的歷史傷口，喟嘆文化的曖昧牽扯，瀰漫著「國家地理」意識，諸如〈瓜〉的剖半、〈唇〉的上下兩片、〈鞋〉的左右成雙，以及〈橋〉的接通兩岸，多少影射敏感的政治議題；〈傷口流液〉的意旨，更是招然若揭。輯二裡的〈政治遊戲〉、〈胸罩與口罩〉、〈決戰一顆子彈〉、〈戰爭後的戰爭〉，則或寓指台灣社會，或關涉兩岸現狀，同樣應劃歸為「政治詩」範疇。至於〈混濁〉藉「黑白」對立辯證成詩，亦應如是詮解：

黑白　對立
黑白　分明
原本　清楚

當黑走向白
當白走向黑
成為交錯時
黑已不成黑
白已不成白

互染混濁

人們無感不覺地
陷入混濁中
比行走在黑夜
更辨不出方向

黑白互染對換，是非顛倒，價值混淆，人間污濁一片。岩上鋪排了「極簡」文字，賦予既寫實又超越現實的批判性意涵，藉以嘲諷台灣身份認同的不穩定性。島上仍有許多人，缺乏認同感，心理上始終排斥、抗拒接受腳下的一切，詩人說他們是「無感不覺地／陷入混濁中／比行走在黑夜／更辨不出方向」，這些人依舊處於精神流亡狀態。類此以「黑白」為核心意象的作品，曾出現在《更換的年代》裡的〈黑白〉，及《針孔世界》中的〈黑白數位交點〉組詩。率皆以黑白正反二分，寓諷刺於詼諧，蘊深刻於淺白，此乃為岩上慣用的語言策略與表現手法。

歷經多次殖民統治，走過悲慘歲月的台灣子民，傳承了不屈服、不妥協的抵抗精神，例如從乙未割台，至太平洋戰爭爆發的日據末期，台灣的抗爭行動未曾停止過。其中，發生在一九三〇年的霧社事件，是頗為慘烈的一次，關於這段可歌可泣的抗日史實，早有賴和〈南國哀歌〉及鹽分地帶詩人吳新榮〈霧社出草歌〉詠之(4)，歌頌原住民的反抗意識，悲憫原住民的壯烈犧牲，霧社也成為台灣反殖民、擺脫桎梏的民族聖地。岩上〈路過霧社〉一詩，開頭即謂：「到霧社看櫻花／到霧社看抗日紀念碑／那是從前，現在呢／看莫那魯道的銅像／還有呢／霧社事件已很遙遠」，反抗帝國主義似是邈遠的事！先賢先烈的身影也不再清晰！時空已然轉移，「霸權」陰影是否依然盤旋在島嶼的上空？祖先們的抵抗精神又是否傳承脈流？

主題詩作〈漂流木〉，訴說樹木承受各種酷刑摧殘、任人宰割改造，飄盪流離的經過，明顯指向淒風苦雨、傷痕累累的台灣，這從詩的末節可以讀出：

漂流木已失去山靈的護符
如棄國的浮萍
人們隨意雕刻自己的神
把漂流的
木頭
企圖塑造永恆
於澎湃的洪水濁浪之中

暗諷歷經暴風雨狂飆的台灣，命運灰暗淒涼，迄今仍如漂流木般無根無依，屬性不明。〈戰爭的童年〉回憶一九四〇年代太平洋戰爭，藏躲防空洞的童年，充滿驚慌；〈乘坐新營糖廠小火車〉同樣是童年故事，懷念的是甘美滋味：「童年腳步，早已遺忘／偷吃甘蔗的甜味／／歲月的確被重新磨亮的／車輪，拋得遠遠的／丟得很滄桑／壓得很有皺紋」，撫今追昔，想及那個年代，有著劇烈疼痛的台灣：「氣笛一響／突然一陣拉扯／牽動略有骨骼疏鬆的／關節，那曾是朝代更替又抽又砍的／痛叫」，老舊小火車鬆動的骨頭，咯答咯答地拖響了一個黯淡、哀鳴的朝代，關涉被殖民的歷史記憶。小火車是童年印象，也是時代意象，岩上每每將它引入詩中，如《更換的年代》裡有〈一列小火車〉，而《漂流木》中還有〈鐵道列車〉及《集集車站》。

易理太極的演繹

太極拳源於《易經》哲理及道家精神，講究虛實變化、剛柔並濟、相剋相生。岩上長期浸淫易學、演練太極，強調：「一招一式都要結構完整、氣勢連綿，在安定中求變化，陰陽互動，內在方剛而外相圓柔。」(5)進而融合拳、詩為一，將易理浸潤潛滲於詩思詩想，乃有《岩上八行詩》的創發。本書則落實於「太極拳四要」：〈鬆〉、〈沈〉、〈圓〉、〈整〉。他嘗試以具體的形象，詮釋抽象的口訣，不僅泯去了純粹寫實之沾滯弊病，同時避免不著邊際、玄虛幻想之空洞。正因為是長年身體力行才有的領悟，一般讀者不免霧裡看花，甚而覺得玄之又玄，不過，撇開太極拳譜的專門招式與術語，透過詩人審慎、簡潔的文字，我們仍可感受到箇中縱收虛實、柔中內蘊的道理。〈鬆〉，形容身體宛如懸吊半空中，此時脊椎節節脫勾，「讓它們成斷了線的／念珠，墜落於山谷的湧泉」，卸除萬有，徹底地鬆弛，骨盤似水滑動，兩股虛實移動如輪；〈沈〉是「玉女穿梭於林間撞擊了地球／千手旋撥如雲／落葉繽紛飄飄飛／隨風 下勢」，仙女跌落凡間，絲毫不減其神力，始終保持「不動如山／雨滑滑落／水淨澄清／空穹藍天」，不浼煙霞的貞靜仙姿；〈整〉若「落地生根」，「如蓮花亭立，迎風／柳枝垂／沾連不離體／鼓蕩如行雲流水／

緩急之間／混元孳乳為太極」，或挺立或盤旋，自在如行雲流水，通體脈絡緩急貫連而歸太極，形成沛然不可擋的陣陣氣流。四首之中，以〈圓〉最為特出，詩從即物書寫地球肇始，以自轉公轉圓環終始，第二節結合《易經》卦象，觸探內核圓心：

八方九垓，中定於一點
八八六十四卦旋轉成立體
卦卦掛不住
因為我是滑動的柔體
你不撞我不動
你撞我如封似閉
轉身不只擺蓮
一旋殘荷墜落

八方九垓的「虛」，與蓮、荷的「實」，相映相濟、相拉相盪；自轉公轉永「不離心／不懸空」——宇宙人生的無窮變化，意念丹田乃滋生的根本，「萬變」即是「不變」，「圓」就是「源」。

文化批判與在地言說

岩上的詩來自生活，根源於現實，舉凡社會紛繁亂象，或是人性倫理的崩解式微、道德價值的混淆扭曲，一一入其筆端。輯二「鋼管女郎的夜色」，即是冷眼觀察時代次文化而觸發的憂心與批判，情緒的激動，語言的直接，顯現愛深責切。詩人耳聞目擊，物欲橫流、情色蔓延，鋼管女郎、檳榔西施竟成為台灣的獨特文化。他寫女郎攀沿鋼管的淋漓媚態：「四肢的黏力和抓勁如蛇的／上下攀沿盤旋／要衣冠背後伊甸園裡的欲望／燃燒貪色的眼光」，扭擺的胴體如蛇，撫觸著具強烈暗喻的鋼管，叫人血脈賁張，癡狂搔癢，以致於「今夜，只為妳釋放／蛇淫的一滴舌信／吸吮，嚥乾一喉口水」，被挑動的情慾，膨脹了整個心房，再也按捺不住：

堅硬的鋼管和柔軟的肌膚之間
液滑的夜色
頓時凝結，只剩皮肉的浪濤
越過清醒的堤防
想崩潰你
雙股間的閘門（〈鋼管女郎的夜色〉）

這些不倫不類的肉慾展演，竄流在大街小巷各種婚喪喜慶，甚至迎神廟會等場合。至於檳榔西施，遠比台灣的夏季火熱，公路兩旁穿著清涼透明的女子，如櫥窗擺設般，個個身材曼妙、姿態撩人，豔比古代美女秦羅敷，使得「耕者忘其犁，鋤者忘其鋤」（樂府〈陌上桑〉）——眾人目光一致聚焦在西施「乳溝」，渴想掉落溫柔「深淵」，紛紛停「車」暫借問。詩的結尾寫道：「一粒一粒檳榔／剖開是潤白的乳房／一口一口的飢渴，咀嚼很昂奮／吐汁是射精的爽」（〈檳榔西施的對味〉），檳榔剖開的潤白與西施雙乳藉「色」聯想，「慾」含其中，以致於咀嚼、吐汁等動作，引發了性的衝動影射。這種現象不只入詩，甚至躍登國際媒體版面，引來一波波的研究風潮。

岩上對於現實社會的關心，除了山城鄉間外，還包括繁華都會區，如輯二的〈愛河〉、〈阿勃勒花舞〉，謳歌南台灣的陽光，燦爛如阿勃勒的金黃花穗：「花姿油黃，灼灼荏染／一樹一舞步／開枝招展而來」，明亮而熱情洋溢；〈一〇一大樓的光與影〉、〈台北一〇一大樓〉描繪北部擁擠的大樓、擁擠的陰影，簡單的對比形式，淺顯明白的語言文字，也暗藏針砭。

並置對照以凸顯荒謬，是岩上熟稔的寫作模式，〈母與女〉一詩即發揮了諧謔嘲諷的筆力。母、女字形相同，母字多露「兩點」以象徵哺乳，如今，乳房功能完全從「哺育」翻轉為「社交」，母親年代與現代女性的「露或不露」，竟是如此地天差地別：

母親啊母親
露雨點
吸吮著母親遙遠年代的乳汁
成為思慕的鄉愁
其他的肌膚
全裹在教堂裡躲藏
現代豪放女忍不住含蓄的約束
恨不得把它們掏出來變得更大
裸露　展現了當代性的高峰（第二節）

母親生命的乳汁源源不絕，「露」得含蓄無邪，現代豪放女早已忘了這回事，「母親的兩點不露／少女的兩點露。。露」，袒胸露乳，粗俗「鋪陳」那慾望的波浪高峰，徹底顛覆傳統價值與視覺。這裡，詩人特意嵌入兩個句號「。。」，形象化雙乳，巧妙而不失趣味。

輯五「南投即詩」的在地言說，最為親切溫馨，相較於輯一之「國家地理」意識，無寧是更具親和力的「鄉土」情懷。岩上擁抱南投風土人情，書寫山水的綽約風姿，不單是遠距離的純客觀欣賞，而是置身其中、生活其中，完全融入它的美與媚。南投儼然成為岩上的精神據點、創作的不絕活泉，千姿百態的南投「就是」詩。陶醉於埔里的梅甘酒香，徜徉在日月潭瀲灩光影裡，凝眸九九峰、火炎山，流連水里蛇窯、集集車站，一瞥霧社，懷想濁水溪傳奇，在在流露出詩人的款款深情。其中，〈埔里盆地〉、〈濁水溪傳奇〉及〈日月潭雙眸〉、〈日月潭之美〉，皆能蕩漾人心，搖曳人情，尤其〈濁水溪傳奇〉一詩，更蘊含深刻的意旨，顯然有所寓託。濁水溪流經台灣中部，潺潺溪水終年混濁：

偶而
清醒數日
謠言就四處濺起
一陣大風雨來臨又陷入
不見底
不明究裡的
混亂

傳說裡
台灣當家作主的日子
還很遙遠

看不清自己歷史的河流
如何看得見水清中的
游魚面目（第二、三節）

據聞黃河五百年變清一次，甚至「千年難見黃河清」，故而相傳「聖人出則黃河清」。(6)台灣濁水溪同樣被賦予豐富的象徵意義，它的清與濁，意味著政治的清明或混亂、盛世或亂世，詩人期待得見溪水清澈，台灣人民能早日當家作主。不過，他更喟嘆島民「看不清自己歷史的河流」，主體性模糊擺盪，認同感脆弱貧乏，始終擾攘不休、紛亂不已。輯二的〈台灣咖啡〉，詠物寫志，回顧「只有淚與傷痕」的台灣滄桑，與早期的兩首〈台灣瓦〉有異曲同工之妙；〈從割裂中再生〉則寫九二一大地震後重生的南投，當然也可以擴大到整個台灣的歷史傷痕。

異域風景的展示

《漂流木》中「旅遊詩」共三十六首，佔整本詩集的五分之二。岩上酷愛旅遊，足跡行遍天涯，大大豐富了創作素材。首先，訪中國黃鶴樓，遊黃山、巫山，登白帝城，觀錢塘潮，皆為詩史上耳熟能詳的景點，可稱之為文學、文化之旅。文化是永久的印記與刻痕，當詩人踏臨撫觸，在腳下在目前，思古幽情油然而生。其次，旅次遠至印度，跨越西歐、蒙古等地，異域見聞，奇特風俗一一採錄化為文字，諸如〈飄逸的婦女小工〉、〈德里街頭〉、〈荷蘭風車〉、〈巴黎・香榭里榭大道〉、〈草原上的羊群〉、〈蒙古野馬〉等。印度的婦女小工：「有點慵懶的彎腰下蹲／給敲打石塊和攪拌水泥的男工們工作之外／一點飄忽的悠閒／一串穿流的曲調／／而他們無感不覺的目光／正呈現了生活文化的／悠哉步調」，慵懶、悠閒的女子，是很撩人遐思的；還有那無緣無故站著、坐著，不企盼日出、不等待月落，且不辨認方向的德里街頭人群：「屬於樂天知命的幸福嗎／啊！街頭忼惕的人影」，詩人靜觀凝視，產生小小疑惑。在荷蘭有如置身於童話世界，看見風車處處，日夜不停地轉呀轉，轉出了翠綠草原，轉出了寬廣國土，詩人突發奇想地以為：「荷蘭的版圖／是一塊鮮草／轉換為牛奶的魔術地毯」。西歐還有另一種風情，當行走在巴黎的香榭里榭大道上，啖飲亮麗女郎的波浪魅惑，心思隨之起伏蕩漾，竟有「波特萊爾很遙遠／撿拾不到惡之華的詩句」之壓抑，且自責「姿勢不夠瀟灑／視野不夠深入／行腳也不夠寬廣」，自知拘謹而顯格格不入，只得轉向「流連著故國遙遠的島嶼」，尋找自己寥落的身影。

蒙古廣闊的大草原上，放牧千百羊群，岩上乃把羊兒嚼草想像成替大地治癢，「這裡癢那裡癢／每天流動轉移，癢在不同的地方／蒙古草原太大不怕癢／一粒一粒羊屎，撒豆成兵／一放就是草原治癬的／靈藥」（〈草原上的羊群〉），羊群或啃或抓或咬，草原就形成「近綠到遠藍」的塊塊皮紋，譬喻新鮮貼切。〈蒙古野馬〉一詩，草原換成沙漠，羊群咬嚼的喜悅，被野馬征戰的啼嘶所取代，樂天安居變成沙場馳騁。蒙古也有沙塵、風暴、日燄、雪冽的惡劣氣候，自古爭伐不斷，馬則扮演勝敗關鍵的角色，因此贏得詩人讚賞。詩的結尾，透過詞性的調轉變易，讓字句在「走樣」狀態下產生新境：

蒙古曾經蒙古了世界的歐亞
野馬曾經野馬
歷史狂沙的一頁
蒙古最野馬
野馬最蒙古
美了天地的性靈

將名詞、形容詞、動詞活用互換，製造陌生、殊異的效果。結句：「美了天地的性靈」，歌詠蒙古、頌讚野馬，殆無以復加矣。

此外，被編在輯二的〈阿富汗少女〉一詩，是另類的異域風景，間接表示了岩上的「國際」關懷。從相隔十七年兩張照片裡的少女眼神，揣想地球遙遠的一端，飽經戰火蹂躪，中間兩節最為驚心：

這一張和那一張之間
都裏著與外在世界隔離的頭巾
纏繞不去的陰影
只透露眼神蔓延著連綿不斷的戰火煙塵
…………………（略）

之間的這一張和那一張
乾澀的眼睛 對戰爭的驚懼
顫抖的嘴唇 對兵禍的無奈
都是目瞪口呆的
木然
只有坦克車和戰鬥機輾過掠過
狂囂不停

倖存的少女，十七年滄桑後，不變的是驚恐與顫抖，是「綠光眼瞳和燒紅的／臉譜」，戰爭陰影始終烙印心中。詩人意在控訴戰爭的殘酷，表達「反戰」思想。

結語

整體而言，《漂流木》較多入世、寫實的積極觀照，而乏出世、超現實的連翩浮想，缺少類似〈睡蓮〉、〈菩提樹〉、〈落盡〉、〈涼意〉（皆見《更換的年代》）等作的禪意機趣、清涼滋味。其次，《漂流木》理性多於感性，敘事寫景多於抒情詠歎，即使抒情也都制約而含蓄，全書不見纏綿的「情詩」，倘若不苛求的話，〈愛河〉及〈巫山路過〉或可算是，但它畢竟重在詠地詠景，如前一首的結尾四句：「一個環扣銜接著另一個環扣／鎖住心房就鎖住愛的堅貞／接連的／就是江山與國土的永固」，愛已擴及江山國土，這似乎又一次得到印證——《愛染篇》之後，詩人就把愛轉移給了這一片土地。再次，社會紛亂、政治荒謬依舊，岩上的熱情也不曾冷卻，只是他的撻伐批判，不再如《更換的年代》或《針孔世界》那樣劍拔弩張，聲色俱厲，反而不慍不火，筆法愈顯調侃戲謔，語氣多了嘲弄，卻仍有一針見血與入木三分的力道。

岩上從不大肆鋪張，更無意於炫奇藻飾，詩裡既無深奧典故，也沒有艱澀字詞，然而他的詩，卻始終能妥貼地傳達生活感受，有豐富的內蘊、飽滿的形象，讀來「不澀不隔」，是為其最引人共感與思索之處。

注釋

(1) 岩上前七本詩集依序為：《激流》（笠詩刊社，一九七二年）、《冬盡》（明光堂，一九八〇年）、《台灣瓦》（笠詩刊社，一九九〇年）、《愛染篇》（台笠，一九九一年）、《岩上八行詩》（派色文化，一九九七年）、《更換的年代》（春暉，二〇〇〇年）、《針孔世界》（南投縣文化局，二〇〇三年）。

(2) 岩上一度由「笠」社出走，追隨現代主義，其詩作除了寫實批判之外，有更多超現實的想像，此與「笠」詩社的集團性，可謂大異其趣。詳情請參閱拙著《經驗與超驗的詩性言說——岩上論》（台北：秀威資訊科技，二〇〇八年），頁五—十六。

(3) 見拙著《經驗與超驗的詩性言說——岩上論》，同註上，頁八五—一九〇。

(4) 賴和〈南國哀歌〉，李南衡主編《賴和先生全集》（《日據下台灣新文學・明集一》，台北：明潭出版社，一九七九年），頁一二七—一三二。吳新榮〈霧社出草歌〉，張良澤主編《亡妻記》（《吳新榮全集一》，台北：遠景出版社，一九八一年），頁三。

(5) 見潘煊〈訪岩上〉，《普門》二三三期，一九九九年二月，頁六十四。

(6) 明・程登吉《幼學瓊林》（湖南：岳麓書社，一九八六年），卷一「地輿」條，頁十三。

後記

《漂流木》詩集是我繼《針孔世界》詩集（二〇〇三）之後第八本詩集，如果把三本選集也算在內就是第十一本。早年我的詩作比較少量，上世紀九〇年代開始就相當豐富，每年至少二、三十首，甚至更多。前世紀九〇年代就出版《八行詩》和《更換的年代》，新世紀以來數量更多，已出版《針孔世界》，現在又要出版《漂流木》，且至目前已發表的作品除《漂流木》外，尚可另出版一本。所以本詩集作品只收錄到二〇〇五年所發表的為止，二〇〇六年至今三年的作品，擬收入以後出版的詩集。

本詩集收錄的作品以二〇〇三至二〇〇五年發表的為主，也收錄數首上世紀被遺漏的歸列於本詩集，共收入九十首，分六輯。第六輯旅遊詩抄有中國大陸、印度、西歐、蒙古等異地風情觀照的掃描；第五輯則寫居住地南投即詩。

上世紀九〇年代，台灣流傳一句口號「根留台灣，放眼天下」。實則我開始寫詩，主題素材就落實於這塊生我、育我的土地，六〇年代有更多的詩作寫台灣農村的景象和產業轉型的觀感，都收入在第二本詩集《冬盡》裡；我一直到九〇年代初才有機會出國旅遊和參與一些國際詩會交流活動，增添見聞和擴大了詩的視野，才有陸續旅遊詩的出現。

基本上，我詩創作的基調依循著兩個面向行進：一是向內，面向自我，依循生命的成長歷程，寫出對人生的感懷和體悟；另一是向外，面向社會生存的環境，觀照與經驗所得，甚至批判藉以省視。是以凡我立足的本地或浪跡過的異國見聞，希望透過詩眼的攝影留下詩心的印象。當然包含我思想和感情的世界在裡面。

九九峰就是我現在居住地境內的火炎山，可說是日日面對的景象，日月潭是台灣最美的湖泊，南投即詩作為在地地景的描繪，是一份鄉情的觸動記印，和異國旅遊走馬看花的心境不同，這兩輯地景作品卻佔了本詩集半數以上的份量，或可說是與以前出版過的詩集在內容題材上的殊異。如果把地景擴大來算，還有高雄的愛河，以台灣咖啡馳名的古坑，新營、台灣最南端的龍坑海岸以及台北地標一〇一大樓等，更突顯出是否這本詩集有意圖為國內外地景而寫的詩集？事實上，我創作的心態很隨性，隨性所趨卻往往自成格調，因為這幾年比較有機會到各處走走，就留下一些詩記。

太極拳四要：鬆、沉、圓、整，四首詩，是我演練太極拳三十多年，濃縮的心得，也是唯一的有關直涉太極拳的作品。因太極拳練習要裡外兼顧、陰陽相對，有其深奧的拳理不容易深入體悟其精義，就此四字意涵如何借用拳架表現已很不容易表達，這四首詩也只好借用一些外在的形相來喻託詮釋，其象與意之間的恍惚，恐怕只有深知此道的才能解開語言牽綁的環結也說不定。

瓜、唇、鞋，三首是八行詩的續作，加上原先的《八行詩》詩集六十一首共六十四首，成為八八六十四的完整數量，希望將來有機會以此數再版《八行詩》詩集。

其他三輯的作品，或許可看到我過去詩作的一些影子和基調，或許是全新不同體悟的言說，就不必多加贅言了。

多年來讀了不少西洋文學理論和詩學，總覺得他們各執的極端性論說很銳利，但缺乏相對的涵容。例如形式主義派的文論認為「形式決定一切」，強調藝術形式是產生藝術的源泉，新形式的產生也只是取代已經喪失其藝術性的舊形式，並不為了表達新的內容；否定的美學以否定的自身來否定傳統所約治的準則與規範；後現代主義為顛覆一切把自身的語言也要顛覆等等，這些觀念取向與作為都俱尖端刺激力的煽動性，在較年輕時接受現代文學洗禮也頗為心儀而奉為圭臬。年輕時不喜中庸之道，認為中是取其兩端而綜合沒獨創眼見；庸是平庸，都是庸俗，詩文學必須要有尖銳的激情，才能散發張力。

晚近以來，馬齒漸長而脫落，喜淡素生活，又從太極拳演練中體悟極陰極陽之末迨，以中定為本之道理，和易經乾卦「保合太和乃利貞」讓我體悟老子說的「萬物負陰而抱陽，沖氣以為和」的「太和」就是保持元氣聚合不散，不能偏頗一方，是宇宙現象也是人生道理。司空圖的《詩品》「沖淡」品中云：「素處以默，妙機其微。飲之太和，獨鶴與飛。脫有形似，握手已違。」頗能合意我晚景生活「平居澹素，以默為守」的寫照和對詩道的看法。因為平淡解脫了迷戀，消除了疲憊的喧嘩。

「道之出口，淡乎其無味」《老子》，希望在淡素太和的語言中，給出含藏的詩的豐富性；在平淡中挑逗的刺激讓非裝飾性的語言激越成為有勁道的張力，而不是詩意枯萎的花蕊。平淡邃美，是我晚近在詩的表現上努力的方向。

在詩的體用論說上簡單來說，西方重形式技巧，東方重本質內涵，當然形式與內容都重要不能偏廢，而強執一方。但好的技巧可以看出沒有甚麼技巧；好的內容卻不能看不出好的內容。在詩質的探討上，我再回歸覽讀探究前賢的文化遺產，得到一個「道」字的妙用，道盡不可道說的無窮境界。

清代中興功臣名儒曾國藩曾說：「天道五十年一變，但有三忌。三忌者，即所謂天道忌巧，天道忌盈，天道忌貳也。」曾氏講的天道也是人道，我認為也可當作詩道來解說。詩不宜太過耍弄技巧；詩不宜表達太露骨滿盈；詩是創作，獨一無二。不是如此嗎？但這些看法，現在說來會被認為迂腐不堪，每與年輕詩輩對談，堪難接受，但天道不可違，詩道也不能失去人道的根本呀！

後記已冗語多言，末了還要再添幾句。

郭楓兄為文壇祭酒，詩評一向犀利精闢獨到，允為拙著寫的序論引老子道經之言，論析我的風格及詩味和詩業，對我的期許良多；曾進豐教授以學術立論格析拙詩的面向風貌，二位對了解我詩作都作了導讀和評鑑的作用，也為拙作增添可談的份量，一併在此表達萬分的感謝。

二〇〇八・十二・十三夜

國家圖書館出版品預行編目

漂流木 / 岩上著. -- 一版. -- 台北市 : 秀威資訊科技, 2009.03
面； 公分. -- (語言文學 ; PG0223)
BOD版
ISBN 978-986-221-169-4(平裝)

851.486　　98002059

語言文學類　PG0223

漂流木

作　　者 / 岩　上
發 行 人 / 宋政坤
執行編輯 / 賴敬暉
圖文排版 / 郭雅雯
封面設計 / 蕭玉蘋
數位轉譯 / 徐真玉　沈裕閔
圖書銷售 / 林怡君
法律顧問 / 毛國樑　律師
出版發行 / 秀威資訊科技股份有限公司
台北市內湖區瑞光路583巷25號1樓
電話：02-2657-9211　傳真：02-2657-9106
E-mail：service@showwe.com.tw

2009 年 3 月　BOD 一版
定價： 320 元

讀者回函卡

感謝您購買本書，為提升服務品質，請填妥以下資料，將讀者回函卡直接寄回或傳真本公司，收到您的寶貴意見後，我們會收藏記錄及檢討，謝謝！
如您需要了解本公司最新出版書目、購書優惠或企劃活動，歡迎您上網查詢或下載相關資料：http:// www.showwe.com.tw

您購買的書名：______________________________

出生日期：________年________月________日

學歷：☐高中（含）以下　☐大專　☐研究所（含）以上

職業：☐製造業　☐金融業　☐資訊業　☐軍警　☐傳播業　☐自由業
　　☐服務業　☐公務員　☐教職　☐學生　☐家管　☐其它_____

購書地點：☐網路書店　☐實體書店　☐書展　☐郵購　☐贈閱　☐其他

您從何得知本書的消息？
☐網路書店　☐實體書店　☐網路搜尋　☐電子報　☐書訊　☐雜誌
☐傳播媒體　☐親友推薦　☐網站推薦　☐部落格　☐其他__________

您對本書的評價：（請填代號　1.非常滿意　2.滿意　3.尚可　4.再改進）
封面設計____　版面編排____　內容____　文／譯筆____　價格____

讀完書後您覺得：
☐很有收穫　☐有收穫　☐收穫不多　☐沒收穫

對我們的建議：______________________________

____

____

____

請貼
郵票

11466
台北市內湖區瑞光路 76 巷 65 號 1 樓
秀威資訊科技股份有限公司 收
BOD 數位出版事業部

(請沿線對折寄回，謝謝！)

姓　　名：________________ 年齡：________ 性別：□女　□男

郵遞區號：□□□□□

地　　址：____

聯絡電話：(日) ________________ (夜) ________________

E-mail：____